妖《よう》界《かい》ナビ・ルナ
1
解《と》かれた封《ふう》印《いん》

池《いけ》田《だ》美《み》代《よ》子《こ》／作《さく》　戸《と》部《べ》 淑《すなほ》／絵《え》

講談社 青い鳥文庫

もくじ

登《とう》場《じょう》人《じん》物《ぶつ》紹《しょう》介《かい》

竜《りん》堂《どう》ルナ

もうすぐ4年生《ねんせい》になる、
星《ほし》の子学園《こがくえん》でくらす女《おんな》の子《こ》。
心《こころ》やさしい性格《せいかく》で、特技《とくぎ》はランチの
メニューを当《あ》てること。運動《うんどう》がにがて。

スネリ

透明《とうめい》になれる妖力《ようりょく》をもった、
猫《ねこ》のすがたの妖怪《ようかい》。
ルナを助《たす》けるため
妖界《ようかい》からやってきた。

都《と》和《わ》子《こ》先《せん》生《せい》

星《ほし》の子学園《こがくえん》に
つとめていた、ルナの
大好《だいす》きな先生《せんせい》。

もっけ

スネリとともに
妖界《ようかい》からやってきた、
ふくろうのすがたの妖怪《ようかい》。
鋭《するど》い聴力《ちょうりょく》をもつ。

かまち

伝説《でんせつ》の子《こ》をねらう、
たぬきのような妖怪《ようかい》。
どうもうな性格《せいかく》をしている。

サエ

ルナのクラスメートで、
星《ほし》の子学園《こがくえん》のボス。

ミチ

星《ほし》の子学園《こがくえん》で
くらしている
2年生《ねんせい》の女《おんな》の子《こ》。

1 星《ほし》の子《こ》学園《がくえん》

桜《さくら》のつぼみがふくらんでいます。すんだ空《そら》には、やわらかそうな雲《くも》がひとつだけ、ぽっかりとうかんでいました。

竜堂《りんどう》ルナは大《おお》きな茶色《ちゃいろ》のひとみで、雲《くも》を見《み》あげていました。長《なが》い髪《かみ》を風《かぜ》になびかせて、空《そら》を見《み》あげるルナのすがたは、ヨーロッパの古《ふる》い絵画《かいが》のようです。

ところが、ルナの考《かんが》えていることといったら、

「あの雲《くも》が大《おお》もりによそられた、ソース焼《や》きそばに見《み》える。きょうのランチはきっと、焼《や》きそばだわ。」

などということでした。

ルナのたったひとつの特技《とくぎ》が、ランチのメニューを当《あ》てることなのです。このことにかけては、いままではずれたことがないのですから。

そんなふうに、ほわんと空《そら》をあおぎ見《み》ていたルナの足元《あしもと》に、だれかが投《な》げたボールがころがってきました。

ルナがボールをひろって投《な》げようとすると、「待《ま》ったー。」と、声《こえ》がしました。サエでした。サエはよくとおる声《こえ》で、「ルナにはむり。ここまでとどかないってば。」といって、大声《おおごえ》でわらいました。

ルナはボールをもって、ちょっと考《かんが》えました。ルナはかなりの運動《うんどう》オンチだったので、投《な》げても、サエのところまでとどかないと思《おも》ったのです。

そこで、ルナは投《な》げるのはやめて、サエのほうへ、サッカーボールのようにけりました。

ところが、サエのほうへけったつもりが、どうしたものか、ルナの後方《こうほう》へとんでいってしまいました。

サエは走《はし》りよりながら、こわい目《め》をして、ルナをにらむと、「どんくさいんだからっ！」といって、ボールをおいかけていきました。

ルナは「星《ほし》の子《こ》学園《がくえん》」という施設《しせつ》にいます。クリーム色《いろ》をした古《ふる》い三階建《かいだ》ての建物《たてもの》には、両親《りょうしん》のいない子《こ》どもや、事情《じじょう》があって、両親《りょうしん》といっしょにくらせない子《こ》どもたちがいます。

学園《がくえん》といっても、学校《がっこう》ではありません。学校《がっこう》はこの町《まち》にある小学校《しょうがっこう》へかよいます。ただ、いまは春休《はるやす》みなので、学校《がっこう》はお休《やす》みです。

生《う》まれてすぐに、この学園《がくえん》の門《もん》の前《まえ》におきざりにされていたというルナは、ほ

んとうの両親《りょうしん》の顔《かお》も知《し》りません。

サエは、ルナとおなじくこの四月《がつ》から、四年生《ねんせい》に進級《しんきゅう》する女《おんな》の子《こ》で、三年生《ねんせい》のときは、学校《がっこう》でもクラスメートでした。サエは背《せ》も高《たか》く、すこし太《ふと》っていて、筋《きん》肉質《にくしつ》です。学校《がっこう》ではひそかに、「女子《じょし》プロ」とよばれています。細《ほそ》い目《め》の目《め》じりはつりあがっていて、気《き》に入《い》らないことがあると、「わたしと友《とも》だちしたくないの?」とひくい声《こえ》でいって、相手《あいて》をおどします。目《め》じりにある深《ふか》い傷《きず》あとも、迫《はく》力《りょく》がありました。

サエは、学園《がくえん》でも学校《がっこう》でもボスなのです。

けれど、サエはいつもふきげんでした。

なぜなら、サエは、ほんとうはだれがいちばん人気者《にんきもの》なのか知《し》っていたからです。それがルナでした。だれにでもやさしいルナのことは、みんなが好《す》きでした。

サエがどんなにルナを仲間《なかま》はずれにしようとしても、むりでした。

ところが、ルナのほうでは、ちっともサエのことをきらっていないのです。小《ちい》さいころからのニックネームだった、「チャエ」というよび方《かた》で話《はな》しかけます。

サエは、チャエとよばれるのがとてもイヤでした。

そのことも、サエをいらつかせる原因《げんいん》でした。


ランチの時間《じかん》になりました。

学校《がっこう》の給食《きゅうしょく》のように、プラスチックのトレーをもって、カウンターにならびます。ルナはやっぱりカンが当《あ》たったと、うれしくなりました。

ランチのメニューは、焼《や》きそばにコーンスープとプリン。すべてルナの大好物《だいこうぶつ》です。

焼《や》きそばをよそってもらったルナがテーブルについたとたん、先《さき》に席《せき》についていたサエが、めずらしくやさしい声《こえ》でいいました。

「ルナ、コップの水《みず》をこぼしちゃったの。台《だい》ぶきんをもってきてくれない？」

「あ、たいへん。」

ルナが見《み》ると、こぼれた水《みず》がサエのスカートをぬらしています。ルナは、ちゅうぼうへ台《だい》ぶきんをとりにいきました。あわててもどってくると、サエがいません。おなじ学年《がくねん》どうしでいっしょのテーブルにすわっているさとしにきいても、にやにやわらって、「さあ？」と首《くび》をかしげるだけです。

ところが、ルナはある重大《じゅうだい》なことに気《き》がつきました。

「焼《や》きそばが消《き》えちゃった！」

ルナのトレーのなかは、焼《や》きそばだけがこつぜんと、すがたを消《け》してしまっていました。

「わたしの焼《や》きそばは、どこ？」

ルナがきくと、なぜかさとしは爆《ばく》笑《しょう》し、やはりおなじ学年《がくねん》のまなみはこまった顔《かお》をしてうつむいていました。それでルナにはピンときました。

（まなちゃんがこんな顔《かお》をしているってことは……、きっと、チャエ

のしわざね。どうしてかな、小《ちい》さいころはいちばんのなかよしだったのに……。いつからか、とってもイジワルになっちゃった。でもきっといつかは、もとどおりの、やさしいチャエにもどってくれる……。)

ルナはトレーをもつと、心配《しんぱい》そうな顔《かお》をしているまなみに、平気《へいき》な顔《かお》をよそおってわらい、ちゅうぼうへむかいました。

歩《ある》きながら、首《くび》の後《うし》ろがむずむずするのを感《かん》じました。

トレーをもたない左手《ひだりて》で長《なが》い髪《かみ》の毛《け》をかき分《わ》けて、うなじをさわりました。

そこには、親指《おやゆび》の爪《つめ》ほどの、まるいかさぶたがあります。それは、ルナがこの学園《がくえん》におきざりにされたときからあったそうです。かさぶたなのに、はがれたことがありません。

当時《とうじ》、心配《しんぱい》した先生《せんせい》が医者《いしゃ》にみせました。ところが、「異常《いじょう》ありません。ふつうのかさぶたですよ。そのうちとれるでしょう。」といわれたので、先生《せんせい》も安心《あんしん》したのか、そのあと、医者《いしゃ》には行《い》っていません。

そのかさぶたは、いたくもかゆくもありませんでした。ところが最近《さいきん》は、なんとなくむずむずすることがあるのです。

ルナは、かさぶたをすこしさわると、首《くび》をかしげてまた、トレーをもちなおしました。

三月最後《がっさいご》の日《ひ》。この日《ひ》はルナのバースディでした。

学園《がくえん》では、月末《げつまつ》に、その月《つき》に生《う》まれた子《こ》どもたちの誕生日《たんじょうび》をいわい、ささやかなパーティーをします。三月生《がつう》まれは、ルナとサエのふたりだけでした。

ジュースでかんぱいしたあと、先生《せんせい》が焼《や》いてくれた大《おお》きなケーキに、九本《ほん》のろうそくを立《た》てました。

バースディソングの合唱《がっしょう》のあと、ルナとサエがろうそくをふき消《け》すと、みんなから拍手《はくしゅ》をもらいました。サエと目《め》があって、一瞬《いっしゅん》サエもわらったように思《おも》えました。

が、つぎの瞬間《しゅんかん》、サエがルナにむかって、だれにも気《き》づかれないようなささやき声《ごえ》で、こういったのです。

「ほんとうの誕生日《たんじょうび》も知《し》らないくせに。」

思《おも》わずルナがサエを見《み》ると、サエはそしらぬ顔《かお》をして、カメラをむけた先生《せんせい》にピースサインをしていました。

ルナが学園《がくえん》の門《もん》の前《まえ》におきざりにされたのは、九月《がつ》だったときいています。生《う》まれてどれくらいたったのかわからない赤《あか》ちゃんだったので、先生《せんせい》たちは、赤《あか》ちゃんの大《おお》きさから考《かんが》えて、三月《がつ》を誕生日《たんじょうび》と決《き》めたのです。だから、ルナのほんとうの誕生日《たんじょうび》がいつかは、だれも知《し》りません。

でもサエの場合《ばあい》はちがいます。サエは両親《りょうしん》が事故《じこ》でなくなってしまう五歳《さい》まで、両親《りょうしん》のもとでくらしました。だからほんとうの誕生日《たんじょうび》を知《し》っています。

ルナはくちびるをかみしめると、自分《じぶん》もすぐにカメラに笑顔《えがお》をむけました。

ルナは心《こころ》のなかで、都和子先生《とわこせんせい》に問《と》いかけていました。

都和子先生《とわこせんせい》というのは、以前《いぜん》、学園《がくえん》にいた先生《せんせい》です。ルナが小学校《しょうがっこう》にあがると同時《どうじ》に、事情《じじょう》があるということで、やめていった先生《せんせい》です。

おひさまみたいに、みんなをあたためてくれるような先生《せんせい》でした。髪《かみ》をきりりと後《うし》ろにまとめ、横顔《よこがお》がとてもきれいでした。理知的《りちてき》で都会的《とかいてき》な感《かん》じなのに、すこしもつめたさを感《かん》じさせないふしぎな魅力《みりょく》がありました。

都和子先生《とわこせんせい》は、白《しろ》い頬《ほお》にえくぼをうかべて、ルナの髪《かみ》をなでて、いつもいっていました。

「ルナ。あなたは月《つき》のうつくしい夜《よる》にきたの。天使《てんし》みたいに、かわいい赤《あか》ちゃんだったのよ。」

本来《ほんらい》なら、この学園《がくえん》では赤《あか》ちゃんをあずかることができません。かわいい赤《あか》ちゃんだったルナを引《ひ》きとってそだてたいという、里親希望《さとおやきぼう》の人《ひと》たちが大勢《おおぜい》きました。

ところが、どの人《ひと》にだかれても、ルナはひきつけたように泣《な》きだしてしまい、だれにも笑顔《えがお》をむけることがありませんでした。

ただひとりなついたのが、都和子先生《とわこせんせい》だったというのです。それで、ルナは特《とく》例《れい》として学園《がくえん》でそだったのでした。

都和子先生《とわこせんせい》は、ルナだけを特別《とくべつ》あつかいしないように気《き》をつけながらも、ルナがかわいくてたまりませんでした。学校《がっこう》の友《とも》だちとけんかして帰《かえ》ってきたときも、ルナをだきしめていいました。

「ルナ、あなたはほんとうは、とても強《つよ》い子《こ》。やさしいことはいちばんの強《つよ》さよ。そして、秘《ひ》めた力《ちから》をもっている子《こ》。」

「秘《ひ》めた力《ちから》?」

「そう。まだあなた自身《じしん》も気《き》づいていない力《ちから》。でも、わたしにはわかるの。力《ちから》もちの力《ちから》ではなくて、能力《のうりょく》ということよ。むずかしいかしら。その力《ちから》はとても大《おお》きい。ルナ、どうかその大《おお》いなる力《ちから》に、あなたがつぶされないように……。」

「つぶされちゃうの?」

不安《ふあん》になったルナに、都和子先生《とわこせんせい》はゆっくりと首《くび》をふりました。一瞬《いっしゅん》、遠《とお》くを見《み》つめるようなまなざしをしたあと、ルナの目《め》のおくをのぞきこむようにしていました。

「だいじょうぶよ。いつもまわりの人《ひと》を思《おも》いやって……そう、できれば好《す》きになること。ときには、ルナにとって、ひどいことをする人《ひと》がいるかもしれない。でも、その人《ひと》のことでさえもゆるせる心《こころ》をもって。そんなむずかしいこと、ほんとうなら、神《かみ》さまにしかできないことだわ。それをあえて、あなたにいいたいの。残酷《ざんこく》なことかもしれないわね。でも、ルナならできると信《しん》じている。大《おお》いなる力《ちから》に負《ま》けないようにするには、とてつもなくやさしい心《こころ》が必要《ひつよう》なの。」

都和子先生《とわこせんせい》の口元《くちもと》には、ほほえみがうかんでいました。でも、そのひとみがうっすらと涙《なみだ》をためているのを、ルナはふしぎな思《おも》いで見《み》ていました。

小《ちい》さいルナには、そのとき、都和子先生《とわこせんせい》のいっている意味《いみ》がよくわかりませんでした。いまでも完全《かんぜん》に理解《りかい》できているわけではありません。でも、大好《だいす》きな都《と》和子先生《わこせんせい》の笑顔《えがお》は、ルナの心《こころ》のささえでした。

かなしいことがあったとき、都和子先生《とわこせんせい》のことばを思《おも》いだすのです。

「ゆるせる心《こころ》と、まわりの人《ひと》を好《す》きでいること。」

まさに都和子先生《とわこせんせい》がそうでした。いつでもにこやかで、どんなに気《き》むずかしい人《ひと》でも、都和子先生《とわこせんせい》の前《まえ》ではすなおになってしまうのでした。

(わたしも都和子先生《とわこせんせい》のようになりたい。)

ルナはそう思《おも》い、つらいときでも笑顔《えがお》になることで、のりこえていけるような気《き》がするのでした。

ルナは、自分《じぶん》でも気《き》づかないうちに、都和子先生《とわこせんせい》に、自分《じぶん》のお母《かあ》さんのすがたを見《み》ていました。名前《なまえ》も顔《かお》も知《し》らないお母《かあ》さんのすがたを。

事情《じじょう》があって、この学園《がくえん》におきざりにされたものの、両親《りょうしん》はいまも生《い》きていて、きっといつかはむかえにきてくれる。いつかは、いっしょにくらせる日《ひ》がくる。そう信《しん》じているのでした。

ルナがそう考《かんが》えるのには、理由《りゆう》があったのです。ルナがおきざりにされたときに、くるまれていたおくるみ。その内側《うちがわ》にポケットがあって、そこにお守《まも》りのようにして入《はい》っていたペンダントがありました。

金《きん》のチェーンに、ひらべったいリングのペンダントトップがさがっていました。リングには「竜堂《りんどう》ルナ」と、ルナの名前《なまえ》がほられていたのです。

ルナにとって金《きん》のペンダントは、だいじなふたつの宝物《たからもの》のうちのひとつであり、お守《まも》りでした。いつか両《りょう》

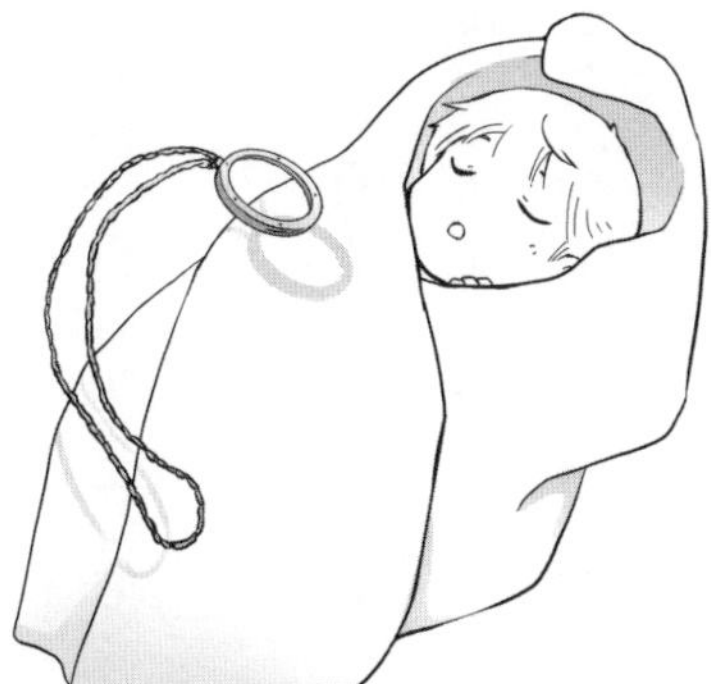

親《しん》がむかえにきてくれたとき、このペンダントをもっていれば、自分《じぶん》がルナだという証拠《しょうこ》になる、そう信《しん》じているのでした。

誕生日《たんじょうび》をいわってもらったこの夜《よる》、ルナはそのペンダントを見《み》ようと、いつもしまっておく、子猫《こねこ》の絵《え》のついた小物入《こものい》れの引《ひ》き出《だ》しを開《あ》けてみました。

ところが、引《ひ》き出《だ》しのなかはからっぽだったのです。ルナの顔《かお》はみるみる青《あお》ざめていきました。

(どうして、なくなってしまったの？　まさか……だれかが……。もしかしたら、チャエが？)

ルナは、昼間《ひるま》の焼《や》きそば事件《じけん》のことを思《おも》いだしました。はっとしましたが、すぐにその考《かんが》えを打《う》ち消《け》しました。

(うたがっちゃいけない。あの焼《や》きそばだって、チャエだって証拠《しょうこ》がないもん。

（……だけど、どうしよう。）

ルナはとほうにくれました。先生《せんせい》に知《し》らせることは、考《かんが》えていませんでした。そうすると、学園《がくえん》のだれかがとった、ということになると思《おも》ったからです。ルナにとっては、学園《がくえん》ではじめてあじわう気持《きも》ちでした。さみしく不安《ふあん》な気持《きも》ちにつつまれました。

2 真夜中《まよなか》の地震《じしん》

四月《がつ》になったばかりの夜《よる》。

ルナは寝《ね》ぐるしくて、何度《なんど》も寝《ね》がえりを打《う》っていましたが、とうとう起《お》きあがりました。おなじ部屋《へや》のサエやまなみは、ぐっすりねむっています。時計《とけい》を見《み》ると、十一時半《じはん》でした。

（お水《みず》でものもう。）

ルナは部屋《へや》を出《で》ると、長《なが》いろうかを歩《ある》きました。食堂《しょくどう》のドアからは、常夜灯《じょうやとう》のオレンジ色《いろ》のあかりがもれています。

(先生《せんせい》たちも寝《ね》ちゃったのかな。)

食堂《しょくどう》のドアを開《あ》けたときです。

目《め》まいがしました。

カタカタカタカタ……。

食器《しょっき》だなの食器《しょっき》が音《おと》をたてています。

(地震《じしん》だ!)

ひとりでいるルナはこわくなって、テーブルに手《て》をかけて、じっとしていました。すると、すぐに地震《じしん》はおさまりました。

ほっとしたルナが、あかりをつけてコップをとり、水道《すいどう》のじゃぐちをひねったときです。

また、首《くび》の後《うし》ろがむずむずしてきました。今度《こんど》は、いつもの気《き》のせいではあり

ません。もうれつにかゆいのです。首《くび》の後《うし》ろで、何匹《なんびき》もの小《ちい》さな虫《むし》がうねっているような、気持《きも》ちわるいかゆさがありました。

ルナはコップをおくと、うなじに手《て》をのばして、かさぶたに爪《つめ》を立《た》てました。

(どうしちゃったのかな。)

かいてもかいても、かゆみはおさまりません。爪《つめ》でかさぶたを引《ひ》っかいたので、傷《きず》がついたのか、ルナの指《ゆび》にはすこし血《ち》がついてしまいました。

ひやせば、すこしはマシになるのかもしれない。そう思《おも》い、氷《こおり》をとるため、冷《れい》蔵庫《ぞうこ》を開《あ》けたときです。

ガシャン!

大《おお》きな音《おと》がしました。ろうかのほうからです。

ルナはすぐにとびだしました。あわてたので、すべってころんで、おしりを打《う》ちつけてしまいました。おしりをおさえながら、起《お》きあがってみると、ルナたちの部屋《へや》のドアが開《あ》いています。

いぶかしく思《おも》いながら行《い》ってみると、まなみがたおれていました。半身《はんしん》、ろうかに投《な》げだされた形《かたち》で、うつぶせにたおれています。

「まなちゃん、どうしたの。」

ルナがうつぶせになっていたまなみを、だき起《お》こそうとしておどろきました。まなみのわき腹《ばら》が、血《ち》でべっとりとぬれています。

「まなちゃん！　まなちゃん！」

ルナは青《あお》くなって、まなみをゆすりました。まなみはうすく目《め》を開《あ》けると、ゆらゆらと視線《しせん》をさまよわせ、ルナを見《み》あげました。

「まなちゃん、なにがあったの？」

まなみは焦点《しょうてん》のさだまらないような目《め》で、やっといいました。

「た、た……ぬ……き……が。サエ……を……。」

そういうと、うでをあげ、窓《まど》のほうをさし、力《ちから》つきたのか、すぐにだらりとうでをおろしました。

窓《まど》を見《み》ると、ガラス戸《ど》が全開《ぜんかい》になり、カーテンが風《かぜ》にはためいています。ルナは、そのときになって、ようやく気《き》がつきました。

(チャエがいない!)

窓《まど》には、点々《てんてん》と血《ち》のあとがあります。

「たぬきがチャエを……？」

ルナは、まなみのいったことをつぶやいてみました。

たぬきがサエを、あの窓《まど》からつれていってしまった、ということなのでしょうか。たぬきといったら、ルナの頭《あたま》のなかには、「かちかち山《やま》」や、そば屋《や》の前《まえ》などにいる、せともののできた、でっぷりしたたぬきのすがたしか、思《おも》いうかびません。

まぬけな表情《ひょうじょう》のたぬきのイメージは、人《ひと》をおそうどうもうな動物《どうぶつ》からはほど遠《とお》いのです。

（でも、チャエはいない。窓《まど》も開《あ》いている。そしてまなちゃんの傷《きず》と、窓《まど》にのこる血《ち》のあと……。）

ろうかからは、さわぎをききつけて出《で》てきたのでしょう、バタバタという先生《せんせい》たちの足音《あしおと》がひびいてきました。

(まなちゃんのことは、先生《せんせい》にまかせよう。)

そう考《かんが》えると、ルナははだしのまま、窓《まど》からとびおりました。

学園《がくえん》の門《もん》まで走《はし》ってとびだしました。あとさきを考《かんが》えずに出《で》てきたものの、たぬきがどっちへ行《い》ったのかわかりません。

学園《がくえん》からのびる道《みち》は、三つの方向《ほうこう》に分《わ》かれています。ひとつは学校《がっこう》に通《つう》じる道《みち》。ひとつは駅《えき》にむかう大通《おおどお》りへ出《で》る道《みち》。のこりのひとつが丘《おか》へむかうのぼり道《みち》です。

ルナは丘《おか》へむかうのぼり道《みち》を行《い》くことにしました。たぬきだから、人通《ひとどお》りのすくないこっちに行《い》くに決《き》まってる、そう思《おも》ったのです。

ほそうされていない道《みち》へとかわる階段《かいだん》をのぼりながら、ルナは思《おも》いました。

（たぬきみたいな小《ちい》さな動物《どうぶつ》に、人《ひと》をはこぶ力《ちから》があるのかな。）

考《かんが》えながら歩《ある》いているうち、坂《さか》のとちゅうまであった外灯《がいとう》がとぎれて、ルナの行《ゆ》く手《て》はまっ暗《くら》になってしまいました。

ルナは、懐中電灯《かいちゅうでんとう》をもってくればよかったと後悔《こうかい》しながら、立《た》ちどまりました。むちゅうできたので、いままで気《き》づかなかった寒《さむ》さに、ぶるりと肩《かた》をふるわせました。はだしにパジャマなのです。四月《がつ》といえども、夜《よる》にこのかっこうではかぜをひきます。

じっとしていると、風《かぜ》にそよぐ木々《きぎ》の音《おと》にまじって、かすかな音《おと》がきこえてきました。

シュッ、シュッ、シュッ……。

きいたことのない、きみょうな音《おと》です。空気《くうき》の振動《しんどう》が、直接《ちょくせつ》耳《みみ》のこまくに伝《つた》わってくるような音《おと》です。

闇《やみ》になれたルナは、おそるおそる、音《おと》のするほうへ近《ちか》づいていきました。音《おと》がどんどん大《おお》きくなっていきます。風《かぜ》の音《おと》に似《に》ている。そう思《おも》ったのと同時《どうじ》に、木《き》のにおいを強《つよ》く感《かん》じました。

「うわっ！」

一歩《いっぽ》ふみだしたルナの目《め》の前《まえ》をかすめて、みじかい枝《えだ》がとんできました。

ルナの声《こえ》に、風《かぜ》に似《に》た音《おと》がやみました。緑色《みどりいろ》に光《ひか》るふたつの目《め》がこっちを見《み》ています。

雲《くも》にかくれていた月《つき》がすがたを見《み》せ、あたりがうすぼんやりと明《あか》るくなったとたん、

「あ！」

「おまえは！」

ふたつの声《こえ》がひびきわたりました。

そこには、ルナの見《み》たことのない動物《どうぶつ》がいました。ピンと立《た》ちあがった耳《みみ》に、鋭《するど》い目《め》つきとがったあご。太《ふと》いしっぽがたぬきのようにも見《み》えますが、月《つき》あかりに照《て》らされた銀色《ぎんいろ》に光《ひか》る毛《け》なみが異様《いよう》な雰囲気《ふんいき》です。

しかも、とても大《おお》きいのです。熊《くま》ほどの大《おお》きさがあるかもしれません。その動《どう》物《ぶつ》が緑色《みどりいろ》の目《め》を光《ひか》らせて、ルナを射《い》るように見《み》ているのです。

「おまえは……。」

ふたたび動物《どうぶつ》は、ひくくうなるような声《こえ》でいいました。

見《み》たこともない動物《どうぶつ》が話《はな》している。ルナはそのことよりも、動物《どうぶつ》のそばにたおれている人《ひと》に心《こころ》をとらわれていました。

「チャエ！」

うつぶせにたおれていましたが、赤《あか》いチェックのパジャマは、いつもサエがきているものです。

(ここからではわからないけれど、部屋《へや》にのこっていた血《ち》のあとを考《かんが》えると、きっとチャエは大《おお》ケガをしている。)

ルナはとっさに、サエのもとまでかけよろうと、足《あし》をふみだしました。

そのときです。

シュッ！

足元《あしもと》で風《かぜ》を切《き》る音《おと》をきいた瞬間《しゅんかん》、すねに熱《あつ》いものを感《かん》じました。

「つっ！」

ルナはうずくまりました。パジャマに、みるみる血《ち》がにじんで、大《おお》きなしみができました。パジャマをめくると、右足《みぎあし》のすねに、まるで鋭《するど》い刃物《はもの》で切《き》られたように、傷口《きずぐち》がぱっくりとひらいているのが見《み》えました。

そのときになって、ルナはようやく、そのたぬきのような動物《どうぶつ》が、ふつうの動物《どうぶつ》でないことを思《おも》いしりました。

「おまえが……ルナか。」

緑目《みどりめ》たぬきが、ルナを見《み》おろしています。

「なぜ、わたしの名前《なまえ》を？」

ルナは傷口《きずぐち》をおさえながら、緑目《みどりめ》たぬきを見《み》あげました。くちびるがふるえてくるのは、寒《さむ》

さのせいだけではありません。

「オレとしたことが、とんだヘマをしたもんだ。てっきり、こいつがルナかと思《おも》って、つれてきてしまったが。なぜか、においを感《かん》じたのでな。しかし、あまりに無力《むりょく》なので、おかしいと思《おも》ったんだが。」

ルナは不安《ふあん》になってさけびました。

「チャエは……死《し》んじゃったの？」

緑目《みどりめ》たぬきは、目《め》を細《ほそ》くして口《くち》をひらきました。それはわらっている表情《ひょうじょう》でしたが、ルナには、いっそう不気味《ぶきみ》に見《み》えました。

「死《し》んじゃいないが、このまま放《ほう》っておいたら死《し》ぬわな。」

ルナはおそろしくて、にげだしたい気持《きも》ちを必死《ひっし》におさえて、いいました。

「チャエをかえして。」

「ああ……、こいつがルナでないなら用《よう》はない。」

緑目《みどりめ》たぬきは、細《ほそ》い目《め》でルナをとらえたまま、つづけていいました。

「ただし、ルナ！　おまえには用《よう》があるんだよ。」

ルナは心臓《しんぞう》が外《そと》にとびだしそうなくらい、ドキドキしてきました。

緑目《みどりめ》たぬきは、わたしにおそいかかるのかも。そして、食《た》べられてしまうかもしれない。

「あなたはだれ！　なぜ、わたしに用《よう》があるの？」

ふるえる声《こえ》でききました。

「オレはかまち。おまえをさがしていた。なぜなら、おまえは伝説《でんせつ》の子《こ》。そして悠久《ゆうきゅう》の玉《たま》のひみつをにぎる者《もの》だからだ。」

ルナには、かまちと名《な》のった緑目《みどりめ》たぬきのいっていることが、まったくわかりませんでした。『伝説《でんせつ》の子《こ》』や『悠久《ゆうきゅう》の玉《たま》』など、はじめてきくことばばかりです。

「わたしはたしかにルナだけれど。でも、きっと人《ひと》ちがいよ。だって、わたしには、なんのことだか、わけがわからないもの。」

かまちはルナをじっと見《み》つめたまま、だまっています。しばらくして、かまちが口《くち》をひらきました。

「オレがまちがえたのか……。いや、しかし、おまえには伝説《でんせつ》の子《こ》のにおいを感《かん》じる。……だが、どうして、おまえは、そんなにのろまなのだ！」

かまちがいきなり、はげしく声《こえ》をはりあげたので、ルナは心臓《しんぞう》がちぢみあがりました。

「オレもがっかりだ。おまえがこんなに無能《むのう》だと知《し》ってはな。伝説《でんせつ》の子《こ》がおそろしい力《ちから》をもっているなどというのは、デマだったわけか。そのすねの傷《きず》。ためしに傷《きず》つけてみたが、おまえはにげるどころか、まったく無抵抗《むていこう》だった。手《て》かげんしたほどの、のろさだったというのにだ！　おまえは、よけることもできなかったのだ。」

ルナはふたたび、すねの傷《きず》を見《み》ました。傷《きず》からの出血《しゅっけつ》はおさまるどころか、いまもたらりたらりと、血《ち》がながれでています。

傷《きず》つけられた瞬間《しゅんかん》になにが起《お》こったのか、まったくわからない速《はや》さでした。どうやって傷《きず》つけたのでしょう。かまちが引《ひ》っかいたり、かじりついたりするほどの近《ちか》さに、ルナはいませんでした。

（よける？　伝説《でんせつ》の子《こ》なら、よけられたというの？）

ルナには、とても想像《そうぞう》ができませんでした。

いったん、口《くち》をとざしたかまちが、つぎに口《くち》をひらいたときには、あたりの空《くう》気《き》が一気《いっき》にはりつめたものとなりました。

「そうとわかれば、とっととおまえをしとめて、つれていき、力《ちから》ずくでできだすまでだ。まずは、そのかぼそい足《あし》だ。」

かまちがいいおわると同時《どうじ》に、またきみょうな音《おと》がはじまりました。

シュッ、シュッ、シュッ、シュッ。

かまちの足元《あしもと》からわきたった音《おと》です。

「その足《あし》をつかいものにならないようにしてやろう。そのほうが、つれていきやすいだろう。」

かまちの声《こえ》が不気味《ぶきみ》にひびきました。

3 もっけとスネリ

ルナは、一刻《いっこく》もはやく学園《がくえん》に帰《かえ》りたいと思《おも》っていました。ところが、体《からだ》は気持《きも》ちとはうらはらで、その場《ば》にこおりついてしまったように動《うご》けません。

(足《あし》をもぎとられてしまうかもしれない。)

ルナにあたえられた自由《じゆう》は、目《め》を動《うご》かすことだけです。その視線《しせん》の先《さき》に、サエのよこたわったすがたがありました。

(わたしは足《あし》がなくなっても、とりあえず、生《い》かしておいてくれるらしい。でも、チャエはこのままだと、死《し》んでしまう。どうにかしないと……。)

ルナはおそろしい気持《きも》ちを、どうにかねじふせようとしていました。

そのときです。うなじが、さすようないたみにおそわれました。かさぶたのところです。

「いたい！　なにっ？　このいたみ。」

ルナは首《くび》の後《うし》ろをおさえて、うずくまりました。かさぶたが熱《あつ》くなっていました。まるで燃《も》えているようです。

それを見《み》ていたかまちがおどろいたのか、一瞬《いっしゅん》、風《かぜ》の音《おと》がやみました。ところが、すぐに気《き》をとりなおしたかまちが、ルナに風《かぜ》の刃《やいば》をむけようとかまえました。

風《かぜ》の刃《やいば》というのは、とても鋭《するど》くて、一瞬《いっしゅん》にしてすべてのものを切《き》りきざんでしまいます。

ルナはうずくまったままです。

風《かぜ》の刃《やいば》がうなりをあげて、ルナをおそおうとした瞬間《しゅんかん》、光《ひか》る影《かげ》がそのあいだをさくようにとびこんできました。

「だれだ。」

「へへん、だ〜れだ。当《あ》ててごらん。」

かまちのおこる声《こえ》をばかにしたような、のんびりとした声《こえ》が、ひびきました。

気配《けはい》を察《さっ》したルナが顔《かお》をあげたときは、光《ひか》る影《かげ》は枝《えだ》の上《うえ》でした。いたみに涙《なみだ》でくもった目《め》でこらすように見《み》ても、影《かげ》の正体《しょうたい》を見《み》きわめることはできません。

「おまえは……もっけ！　ガキがこしゃくな。」

かまちの声《こえ》をかわきりに、ふたたび上空《じょうくう》で、光《ひか》る影《かげ》と風《かぜ》とがたつまきのように

あらあらしく入《い》りみだれているのが見《み》えるだけでした。

「いまのうちに、こっちにきて。」

風鈴《ふうりん》の音色《ねいろ》に似《に》たすんだ声《こえ》に気《き》がつくと、足元《あしもと》には、ふわふわした白《しろ》い影《かげ》がありました。

それはよく見《み》ると、霧《きり》で形《かたち》づくった猫《ねこ》のようでした。霧《きり》の猫《ねこ》の前足《まえあし》が、そっとルナのひたいにふれました。やわらかい肉球《にくきゅう》に、ルナの体《からだ》の重《おも》みがすいとられていくようでした。

ルナは、パジャマのえりぐりを霧《きり》の猫《ねこ》にくわえられ、引《ひ》きずられながら、しげみのなかにつれていかれました。

「あなたは?」

ルナの問《と》いに、霧《きり》の猫《ねこ》はささやく声《こえ》で答《こた》えました。

「わたしはスネリ。あそこでピカピカ光《ひか》っているのがもっけよ。安心《あんしん》して。わたしたちは、あなたの味方《みかた》よ。」

ルナにはふしぎでした。霧《きり》の猫《ねこ》とははじめて会《あ》ったはずなのに、ずっとまえから知《し》っているような、なつかしい気持《きも》ちになりました。

ルナは安心《あんしん》し、やわらいでいくいたみのなか、いつしか気《き》をうしなうようにねむりに落《お》ちていきました。


ルナが目《め》をさますと、そこは学園《がくえん》の医務室《いむしつ》でした。窓《まど》の外《そと》は明《あか》るいので、どうやら朝《あさ》までねむってしまったようです。

ベッドに起《お》きあがると、はげしい頭痛《ずつう》にうめきました。事務《じむ》をしていた先生《せんせい》が、その声《こえ》にふりむきました。

「ルナ、目《め》がさめたのね。まだ寝《ね》ていなくちゃだめよ。軽《かる》い脳《のう》しんとうを起《お》こしているみたいだから。」

ルナは昨晩《さくばん》のことを思《おも》いだしました。サエを助《たす》けに丘《おか》にのぼったこと。そこで見《み》てしまったおそろしいこと。

「まったくあなたは……。友《とも》だち思《おも》いでやさしいのは、ルナのすばらしいところよ。でも、あとさき考《かんが》えずに、二階《かい》の窓《まど》からとびおりるなんてむちゃよ。」

先生《せんせい》がルナのそばにきて、きびしい顔《かお》でいいました。それにしても、先生《せんせい》のいうことがよくわかりません。

ルナは自分《じぶん》たちの部屋《へや》の窓《まど》からとびだしていったのです。ルナやサエの部屋《へや》は一階《かい》ですから、二階《かい》からとびおりたのではないのです。

「あの、先生《せんせい》、わたしは、どこでたおれていたのですか。」

「この学園《がくえん》の庭《にわ》よ。二階《かい》からとびおりて、脳《のう》しんとうを起《お》こしたのね。」

「庭《にわ》？　それじゃあ、ほかに猫《ねこ》とか……いいえ、だれもいなかったのですか。」

「ええ、あなたがひとり、たおれていたのよ。なぜ？」

「いいえ……。」

いぶかしく思《おも》って、首《くび》をかしげているルナを、先生《せんせい》は不安《ふあん》に思《おも》っていると見《み》たのでしょう。ルナの肩《かた》に手《て》をかけて、もう一度《いちど》ベッドによこたえました。

「ほらほら、まだ寝《ね》てなさい。」

ルナはすなおに、ベッドにもぐりこみました。しかし、きいておかなければならないことがあります。ルナはこわごわ、先生《せんせい》にたずねました。

「あの……チャエは？　まなちゃんは？」

先生《せんせい》はまゆをよせて、首《くび》をふりました。

「まなみは救急《きゅうきゅう》でみてもらって、そのまま入院《にゅういん》になったわ。傷《きず》のほうも深《ふか》くて、ぬわなくてはならないし。精神的《せいしんてき》なショックが大《おお》きいみたいで、しばらく安静《あんせい》にしていなくてはならないの。とてもこわい思《おも》いをしたのね。かわいそうに……。」

「まなちゃん……。それで……チャエは？」

先生《せんせい》はうつむいて、もう一度《いちど》力《ちから》なく、首《くび》を左右《さゆう》にふりました。

「サエは、見《み》つからなかったの。いまも警察《けいさつ》がさがしてくれているわ。まなみの気持《きも》ちが落《お》ちついてから、犯人像《はんにんぞう》をきくそうよ。あなたにもきくといっていたわ。きょうの夕方《ゆうがた》に、警察《けいさつ》の人《ひと》がくると思《おも》うの。だいじょうぶ？」

ルナは、内心《ないしん》こまったと思《おも》いましたが、うなずきました。

かまちのことを話《はな》したところで、信《しん》じてくれるとは思《おも》えなかったからです。それに、なぜかルナは庭《にわ》にたおれていたというのです。ここは先生《せんせい》の話《はなし》にあわせて、二階《かい》からとびおりたことにしておこうと思《おも》いました。

「あなただってケガをしたんだし。さいわい傷《きず》は深《ふか》くはなかったけれど、自分《じぶん》の体《からだ》をきちんとなおさなくてはね。」

ルナはわすれていたケガを思《おも》いだして、ふとんをはぐと、パジャマのすそをめくって、すねをたしかめてみました。

昨夜《さくや》かなり深《ふか》かった傷《きず》が、かすり傷《きず》ていどにしかのこっていません。ぱっくりひらいた傷口《きずぐち》からいつまでも出血《しゅっけつ》していたとは、とても思《おも》えません。

先生《せんせい》はルナの傷《きず》をそっとなでました。

「落《お》ちたときの傷《きず》かしら。それにしても、軽《かる》い脳《のう》しんとうですんで、ほんとうに運《うん》がよかったわ。あなたたちの部屋《へや》は警察《けいさつ》の人《ひと》たちが調《しら》べたりするし、こわい思《おも》いをしたでしょうから、当分《とうぶん》つかわないようにしたの。それに、まなみが退院《たいいん》してくるまでは、あなたはひとりだから、夜《よる》はこの部屋《へや》で寝《ね》なさいね。」

「はい。」

「……もうすこし、おやすみなさい。」

ルナには、いろいろふしぎに思《おも》うところがありました。でも、いまはねむくてたまりません。引《ひ》きずりこまれるように、ねむりの世界《せかい》に落《お》ちていきました。

真夜中《まよなか》、十二時《じ》をすぎたときです。

医務室《いむしつ》でひとり寝《ね》ていたルナは、かすかな物音《ものおと》に目《め》をさましました。

「ほらっ、もっけが大《おお》きなくしゃみをするから、目《め》をさましちゃったじゃない。」

「ぶ〜っ。」

まっさきに目《め》にとびこんできたのは、長《なが》く白《しろ》い毛《け》なみをした、すばらしくきれいな猫《ねこ》でした。

そのとなりで、せわしなく茶色《ちゃいろ》のまだらの羽《はね》をはばたかせている鳥《とり》は、ふくろうでしょうか。ルナは、動物園《どうぶつえん》でしかお目《め》にかかることのない、ふくろうのすがたをまじまじと見《み》つめました。

大《おお》きなまるい顔《かお》は平面的《へいめんてき》で、ビー玉《だま》のようなまんまるの水色《みずいろ》の目《め》が、じっとルナを見《み》ています。ふたつの目《め》のすぐ下《した》には、ほんの小《ちい》さな黒《くろ》いくちばしがちょこっと見《み》えます。

目《め》の上《うえ》には、まゆげのように、こげ茶《ちゃ》の羽《はね》がピンとのびているので、まるでおこった顔《かお》のようです。

「あんまり、じろじろ見《み》るなよ。てれるじゃん。」

ふくろうが、首《くび》をくるくるまわしながらいいました。くちばしをほんのすこしひらいただけで、話《はなし》ができるようです。

「バカ。」

となりの白猫《しろねこ》が、長《なが》いしっぽで、ふくろうの顔《かお》をたたきました。

白猫《しろねこ》のすんだ声《こえ》をきいたとたん、ルナは思《おも》いだしました。

「もしかして、あなたはスネリさん？」

白猫《しろねこ》は琥珀色《こはくいろ》の目《め》を光《ひか》らせました。

「そうよ。でも、さん、はいらないわ。スネリとよんで。ルナ、ずいぶん元気《げんき》になったようね。よかった。」

「でも、すがたが、きのうとちがう。きのうはもっとふわふわして、霧《きり》みたいな半透明《はんとうめい》で……。」

「うふふ。あれがほんとうのすがたよ。こっちは変化《へんげ》しているの。こうしていると、ただの猫《ねこ》みたいでしょ。」

ルナはよくわかりませんでした。スネリがふつうの猫《ねこ》だとは思《おも》いませんが、では、スネリはなにものなのでしょうか。

「こっちのふくろうさんは?」

「おいらはもっけ。ふくろうのふりをしているけど、ふくろうじゃないからな。

昨夜《ゆうべ》、助《たす》けてやったんだぜ。おいらがこなけりゃ、ルナはあいつにやられていたんだよ。そういえば、まだちゃんとお礼《れい》をいってもらってないような……。」

そういったもっけのひたいに、ふたたびスネリは長《なが》いしっぽを、ビタンと打《う》ちつけました。

「イテッ！」

「あ、ありがとう。じゃあ、あの光《ひか》る影《かげ》はもっけさんだったのね。でも、どうしてわたしを助《たす》けてくれたの？　ううん、それよりも、なぜ、かまちはわたしをねらったの？『伝説《でんせつ》の子《こ》』ってなに？『悠久《ゆうきゅう》の玉《たま》』っていうのも、なんのこと？　あっ、チャエは！　チャエは、かまちがつれていってしまったの？」

「ちょい、待《ま》った。」

矢《や》つぎばやに質問《しつもん》するルナを、もっけは制《せい》しました。

「まず、おいらのことも、もっけとよんでくれ。で、なぜ、やつがルナをおそったかはわからねえな。たぶん、ルナが伝説《でんせつ》の子《こ》だということに、関係《かんけい》しているんだとは思《おも》うけど。あー、悠久《ゆうきゅう》の玉《たま》についてと、なぜあんたを助《たす》けたかは、話《はな》したら長《なが》くなるから、あとで話《はな》す。サエとかいう子《こ》については、……わりいな！　つい油断《ゆだん》しちゃったんだ。そのすきに人質《ひとじち》にとられた。ただ、人質《ひとじち》にされているぶん、無事《ぶじ》でいられると思《おも》うぜ。」

ルナはサエが無事《ぶじ》だときき、すこしほっとしました。どうやらサエは殺《ころ》されてはいないようです。

あらためて、ルナはもっけを見《み》つめました。スネリはともかく、このもっけというヘンテコな動物《どうぶつ》は、ちょっといいかげんな感《かん》じもします。でも、あぶないところで、かまちからルナをすくってくれたことは事実《じじつ》です。

ルナは、ふたりを味方《みかた》と信《しん》じてよいようだと判断《はんだん》しました。それに、このふたりがルナを見《み》る目《め》。その目《め》のなかに、まるで肉親《にくしん》を見《み》るような、あたたかいものがあるように感《かん》じたからです。その目《め》に説明《せつめい》のできない力《ちから》を感《かん》じました。

「わたしともっけが、ふつうの猫《ねこ》やふくろうでなく、かまちもたぬきじゃないってこと、ルナにはわかっているわよね。」

「それは……なんとなく。」

どう考《かんが》えても、話《はな》したり変化《へんげ》したりする動物《どうぶつ》が、ふつうの動物《どうぶつ》でないことだけはわかります。

「わたしたちはね、妖怪《ようかい》なの。かまちは風《かぜ》の刃《やいば》をつくり、自由自在《じゆうじざい》にあやつれる。もっけはこれでも、鋭《するど》い聴力《ちょうりょく》と爪《つめ》をもっているの。百メートルも先《さき》にある木《き》が葉《は》を落《お》とす音《おと》をきくことができるわ。そしてわたしの能力《のうりょく》はね、自分《じぶん》の体《からだ》を消《け》すことができるの。それから人間《にんげん》に変化《へんげ》することもできるわ。」

「ようかい……。」

ルナは、ぼんやりとスネリともっけを見《み》つめて、口《くち》のなかでつぶやきました。

そして、ようやく、ようかいが「妖怪《ようかい》」のことで、おばけやもののけのことだとわかっても、まだぼんやりしていました。

ことばの意味《いみ》はわかっても、目《め》の前《まえ》にいるスネリともっけを、妖怪《ようかい》だと理解《りかい》できているわけではないのです。

「えっと……。妖怪《ようかい》……。すがたを消《け》す。ん？　でも、スネリのすがたは、わたしには見《み》えたよ。霧《きり》みたいに、ほわほわしていたけれど。」

ルナのことばに、スネリは大《おお》きくうなずきました。

「そうよね。あのとき、あなたには、わたしが見《み》えていたわ。そもそも、こうして話《はなし》ができること自体《じたい》、ルナがふつうの人間《にんげん》でない証拠《しょうこ》なのよね、もっけ。」

もっけはきいているのかいないのか、肩《かた》こりになやむおじさんのように、くるくる頭《あたま》をまわしていました。ルナのぼんやりしている頭《あたま》も、ようやく働《はたら》いてきました。そして、スネリのことばを理解《りかい》すると同時《どうじ》に、ふきだしました。

「ふつうの人間《にんげん》じゃないなんて！　ジョーダンはやめてよ。わたしもその……妖《よう》怪《かい》だなんていわないでね。アハハ……。」

ルナはわらいましたが、スネリは、まじめな顔《かお》で、じっとルナを見《み》ています。

ルナはだんだんと不安《ふあん》になってきました。しんとした空気《くうき》のなか、いままで気《き》にならなかった消毒液《しょうどくえき》のにおいを、つんと感《かん》じました。

ルナはわらうのをやめました。

「ルナ、おどろかないで。」

スネリはジャンプして、ルナのベッドにとびのりました。

「なぜ、あなたが伝説《でんせつ》の子《こ》とよばれているか教《おし》えてあげるわ。あなたのお母《かあ》さんは、三百年《ねんい》生きた妖怪《ようかい》のきつねなの。人間《にんげん》であるお父《とう》さんと恋《こい》に落《お》ちて結婚《けっこん》したのよ。そして、あなたが生《う》まれたの。でも、妖怪《ようかい》が人間《にんげん》の子《こ》をうむのは、命《いのち》と引《ひ》きかえにしなくてはならない。ルナ、あなたをうむために、お母《かあ》さんは死《し》んでしまったの。そして、あなたのお父《とう》さんもなくなっていて……。」

「ちょ、ちょっと、待《ま》って。いきなり、わからないことが多《おお》すぎるよ。わたしのお母《かあ》さんは妖怪《ようかい》のきつね？　なにをいってるの？　わたしはふつうの人間《にんげん》なの。そんなこと、信《しん》じられない。ほんとうに、わたしのことを知《し》っているの、スネリ？　だったらなぜ、知《し》っているの？」

ルナは脳《のう》みそが、ぐつぐつにえたぎるスープになってしまったように感《かん》じました。いきなり自分《じぶん》の母親《ははおや》が妖怪《ようかい》のきつねといわれたら、だれだってそうなってしまうでしょう。

スネリは、こまったようにもっけを見《み》ました。もっけは、ぐるぐるまわしていた頭《あたま》をようやくとめると、めんどうくさそうにいいました。

「まあなー。このどこから見《み》てもふつうの子《こ》には、理解《りかい》しろというのがむずかしいだろうなあ。とりあえず、自覚《じかく》してもらうしかねえだろう。」

もっけは部屋《へや》の天井近《てんじょうちか》くを、すうっと音《おと》もなくとびはじめました。

「自覚《じかく》してもらうって、どういうこと？」

スネリの質問《しつもん》に、もっけは「う～ん。」とうなりながら、考《かんが》えました。やがて、とびつづけながらいいました。ルナは自分《じぶん》のまわりをとびまわるもっけを見《み》ているうちに、目《め》をまわしそうになりました。

「やっぱりさ、かまちにルナがおそわれそうになったときだけど、あのとき、助《たす》けないほうがよかったかもね。」

「あら、どうして。もっけがかまちにとびかからなければ、まちがいなく、ルナの足《あし》はズタズタに切《き》られていたわよ。」

スネリのことばに、ルナはいまさらながら、背《せ》すじがこおりつきました。

「そうかな。もしかしたら極限状態《きょくげんじょうたい》になったとき、ルナは特別《とくべつ》な力《ちから》を発揮《はっき》したかもしれなかったと思《おも》ってさ。ルナがほんとうに伝説《でんせつ》の子《こ》ならね。」

「じゃあ、もし特別《とくべつ》な力《ちから》を発揮《はっき》してなかったら、どうなっていたのよ。」

「やられていたな。」

ふたりの会話《かいわ》をきいていたルナは、たえられなくなりました。

「やめて。助《たす》けてくれたのは感謝《かんしゃ》している。でも、わたしがふつうの人間《にんげん》じゃないとか、特別《とくべつ》な力《ちから》とか、わけがわからないことをいうのはやめて。チャエは警察《けいさつ》がさがしてくれているし。だから、もうかかわるのはやめて。……もう、帰《かえ》って。」

ルナは窓《まど》を指《ゆび》さして、しずかにいいました。

スネリはかなしそうにルナを見《み》ましたが、ルナのきびしい顔《かお》を見《み》ると、あきらめて窓《まど》から出《で》ていきました。

もっけも、

「ま、理解《りかい》できないのはしょうがないけどね。でも、サエって女《おんな》の子《こ》は、人間《にんげん》がいくらさがしてもムダだと思《おも》うよ。」

と、いいのこすと、とびたっていきました。

ひとりになったルナは、大《おお》きくため息《いき》をつくと、ベッドにすわりました。

(たとえ、学園《がくえん》が楽《たの》しくても、さみしさを感《かん》じることがすくなくても、心《こころ》の内側《うちがわ》では、いつも思《おも》っていた。お父《とう》さんやお母《かあ》さんのこと。わたしがすてられたのは、きっと事情《じじょう》があったからだって。いつかむかえにきてくれるお母《かあ》さんは明《あか》るくて、都和子先生《とわこせんせい》みたいに、よくわらう人《ひと》で、お父《とう》さんはやさしくて、大《おお》きな人《ひと》だって。

なのに、わたしをうむために死《し》んでしまったお母《かあ》さんは、妖怪《ようかい》のきつねだなんて……。特別《とくべつ》な力《ちから》ってなに？　伝説《でんせつ》の子《こ》なんて、わたしには関係《かんけい》ない。)

ルナの頭《あたま》のなかはまた、スープで満《み》たされてしまいました。信《しん》じられません。

とてもむりです。

『悠久《ゆうきゅう》の玉《たま》』のことも、なぜ、ふたりがルナを助《たす》けてくれたかについても、ききそびれてしまったことに気《き》がつきました。

しかし、いまのルナはつかれてしまっていて、もうこれ以上《いじょう》なにひとつ、知《し》りたいとは思《おも》いませんでした。

その晩《ばん》、朝《あさ》までルナはねむることができませんでした。

4 ほんの一瞬《いっしゅん》のできごと

翌朝《よくあさ》、ルナは寝不足《ねぶそく》のぼんやりした頭《あたま》で、朝食《ちょうしょく》を食《た》べに、食堂《しょくどう》へ行《い》きました。きのうは、先生《せんせい》が食事《しょくじ》を医務室《いむしつ》まではこんできてくれたので、一日《にち》ぶりの食堂《しょくどう》です。

みんながいっせいにルナを見《み》ました。

「寝《ね》てなくて平気《へいき》なのかよ。」

いつもは意地悪《いじわる》ばかりするさとしも、心配《しんぱい》そうにきいてきます。

ルナはさとしに「もう平気《へいき》。」というと、カウンターにならびました。女《おんな》の子《こ》たちは、つぎつぎに声《こえ》をかけてきました。

「ルナ、だいじょうぶ？」

「犯人《はんにん》を見《み》た？」

「どうして、サエだけがつれていかれちゃったの？」

ルナはいちいち首《くび》をふって、「見《み》ていないの。」「わからないの。」というしかありませんでした。二年生《ねんせい》のミチが、ルナのシャツを引《ひ》っぱって、泣《な》きそうな顔《かお》をしています。

「ルナちゃん。まなちゃんはいつ元気《げんき》になるの？　なおるの？　先生《せんせい》たちが『まなちゃんはこわい事件《じけん》のことをわすれてる。』っていうのを、きいちゃったの。ミチのこともわすれちゃったのかな。」

きょとんとしているルナに、さとしが教《おし》えてくれました。

「なんかさ、おれもよくわからないんだけど、まなみは事件《じけん》のショックで、そのときの記憶《きおく》だけをなくしてるんだって。すげえこわいことだったんだな。きっと……。」

さとしはそういうと、テーブルにつきました。ルナはミチの頭《あたま》をなでていました。

「だいじょうぶ。まなちゃんは、ミッちゃんのことをわすれたりしないから。」

「ほんと？　じゃ、おみまいに行《い》ったら、お話《はな》しできるかな？」

「うん。でも、まだ行《い》けないの。まなちゃんがもうすこし元気《げんき》になったら、みんなでおみまいに行《い》こうね。」

ミチはまだなにかいいたそうに、ルナを見《み》あげていましたが、やがてあきらめて、となりのテーブルの自分《じぶん》の席《せき》につきました。

ルナは不安《ふあん》な表情《ひょうじょう》になっていました。まなみのことを考《かんが》えたからです。まなみが一時的《いちじてき》な記憶喪失《きおくそうしつ》ときいて、とても心配《しんぱい》になりました。

「ルナ。」

テーブルのむこうにすわっているさとしが、声《こえ》をかけてきました。ふだんはサエもまなみもいっしょにすわるテーブルに、きょうはさとしとルナのふたりだけです。

ルナが顔《かお》をあげると、さとしは、テーブルをこつこつとたたきながらいいました。

「警察《けいさつ》は、犯人《はんにん》がのこしていった証拠《しょうこ》がすくなすぎるっていってるって。」

「……………。」

ルナはふたたび、うつむきました。

「ルナ、おまえほんとうに、なにも見《み》ていないのか？」

さとしが、ほかのテーブルのみんなにきこえないように、ささやくような声《こえ》でききました。

「なにか見《み》たんじゃないか？」

ルナはきのうの夕方《ゆうがた》、警察《けいさつ》の人《ひと》にきかれたことを思《おも》いだしました。

きのう、ルナのいた医務室《いむしつ》に、男《おとこ》の人《ひと》がふたり入《はい》ってきたのです。ひとりはしらがのまじった髪《かみ》の人《ひと》で、ひとりは、お兄《にい》さんのようにわかい人《ひと》でした。しらがの人《ひと》がやさしい口調《くちょう》でききました。

「あなたはなにも見《み》ていないのかな？　見《み》ていたら話《はな》してください。犯人《はんにん》をつかまえるためにも、正直《しょうじき》に答《こた》えてほしいのです。」

後《うし》ろにいるお兄《にい》さんが、きびしい顔《かお》つきで、メモをとるために、ペンをもちました。ルナは首《くび》をふりました。

「えっと、わたしはのどがかわいて、お水《みず》をのむために、食堂《しょくどう》に行《い》っていたんです。すると、地震《じしん》があって、そのあと大《おお》きな物音《ものおと》がしたので、部屋《へや》に帰《かえ》ってみたら、まなちゃんが血《ち》だらけでたおれていて……。窓《まど》がひらいていて、チャエサエがいなくなっていたんです。」

ほんとうのことなので、すらすらいえました。

「そうですか。では、なぜ庭《にわ》でたおれていたのかな？　ちょうどこの建物《たてもの》の下《した》だったので、二階《かい》からとびおりたらしいと、先生方《せんせいがた》はおっしゃっているのですが。脳《のう》しんとうを起《お》こした以外《いがい》に、外傷《がいしょう》……傷《きず》がないので、わたしはふしぎなんですよ。ほんとうにそうなのかな？」

ルナはこまりました。今度《こんど》は、ほんとうのことをいえません。うそをつかなければならないのです。しかも、警察《けいさつ》に！

ルナは心《こころ》のなかで決心《けっしん》すると、きっぱりといいました。

「はい。二階《かい》からとびおりてしまいました。」

ルナのことばに、しらがの人《ひと》の目《め》がきびしく光《ひか》りました。お兄《にい》さんに合図《あいず》するようにうなずいています。ルナはこわくなる気持《きも》ちをおし殺《ころ》しました。

「では、自分《じぶん》の部屋《へや》から出《で》て、どうしてわざわざ二階《かい》に行《い》ったのですか？」

「それは……。先生《せんせい》に知《し》らせにいこうとしたのです。先生《せんせい》の部屋《へや》は二階《かい》だから。

でも、こわくて、わけがわからなくて、先生《せんせい》の部屋《へや》を開《あ》けるつもりが、非常口《ひじょうぐち》のドアを開《あ》けてしまって、落《お》ちてしまいました。」

ルナは用意《ようい》していた答《こた》えをいいました。落《お》ちついているように見《み》えましたが、心《こころ》のなかは、にげだしたい気持《きも》ちでいっぱいです。

「こわくて動転《どうてん》していたのですね。そのこわい気持《きも》ちは、もしかしたら、犯人《はんにん》をちらっとでも、見《み》たからではないですか？」

しらがの人《ひと》は、かなりしつこくきいてきます。それでもルナは、がんこに首《くび》をふりつづけました。

警察《けいさつ》の人《ひと》は、「また、なにか思《おも》いだすことがあったら、教《おし》えてください。またきます。」といって、医務室《いむしつ》から出《で》ていったのです。

ルナは、警察《けいさつ》とおなじ質問《しつもん》をするさとしを見《み》ることができずに、思《おも》いだすとふるえてくるひざがしらを、手《て》でおさえました。

「でもさあ、なんでサエがつれていかれたのかなあ。あいつがいちばん手《て》ごわそうなのに。細《ほそ》くて小《ちい》さいまなみのほうじゃなくてさ。」

さとしがうでを組《く》んで考《かんが》えています。ルナは、胸《むね》がくるしくなりました。かまちはなぜかサエをルナだとまちがえて、つれていったのです。

ルナは心《こころ》のなかで、部屋《へや》でたおれたまながしていた血《ち》と、かまちのそばにたおれていたサエの赤《あか》いチェックのパジャマの映像《えいぞう》を、くりかえし、何度《なんど》も見《み》ていました。

(かまちがねらったのは、わたし。わたしのせいで、チャエもまなちゃんも傷《きず》ついた。)

ルナは、暗《くら》い海《うみ》の底《そこ》にしずんでいくような気持《きも》ちになりました。


お昼《ひる》をすこしすぎたころです。

医務室《いむしつ》にとじこもっていたルナの耳《みみ》に、バタバタと、何人《なんにん》もの人《ひと》がろうかを走《はし》っていく音《おと》がきこえました。

いぶかしく思《おも》ってドアをひらくと、さとしが立《た》っていました。

「どうしたの？」

玄関《げんかん》ロビーにむかって、先生《せんせい》や中学生《ちゅうがくせい》の子《こ》たちが走《はし》っていきます。事務《じむ》の人《ひと》があわただしいようすで、電話《でんわ》をかけています。

「ミチがいなくなった。」

さとしの顔《かお》が青《あお》ざめています。

ルナの頭《あたま》には、かまちのことがよぎりました。

「まさか！」

「先生《せんせい》たちが手分《てわ》けして、さがしにいくところだ。おれたちもさがそう。」

さとしがそういって走《はし》っていく背中《せなか》を、ルナもおいかけました。

ルナはけさのことを後悔《こうかい》していました。

（ミッちゃんが話《はな》しかけてきたとき、もっと声《こえ》をかけてあげるべきだった。あのときは、まなちゃんの記憶喪失《きおくそうしつ》のことがショックで、ミッちゃんのことを気《き》づかってあげられなかった。もし、かまちがミッちゃんをおそったりしたら……。）

そう考《かんが》えるだけで、生《い》きたここちがしませんでした。

ルナは、学園《がくえん》を出《で》て、三方向《ほうこう》に分《わ》かれる道《みち》で立《た》ちどまりました。かまちがミチをつれていったとしたら、また丘《おか》のほうにむかう道《みち》をのぼって、さがしにいかなければなりません。

ルナはその道《みち》をのぼりかけて、ふと、思《おも》いだしました。

（ミッちゃんは、まなちゃんのことを心配《しんぱい》して、おみまいに行《い》きたいといっていた。もしかしたら、まなちゃんの病院《びょういん》に行《い》ったんじゃないかな。）

立《た》ちどまっていたルナは方向転換《ほうこうてんかん》して、大通《おおどお》りにむかうと、走《はし》りはじめました。走《はし》るけれど、もともとがおそいルナの足《あし》は、思《おも》うように進《すす》みません。

ルナは自分《じぶん》の足《あし》がおそいことで、きょうほどくやしいと思《おも》ったことはありません。

ルナははやる気持《きも》ちで、大通《おおどお》りの病院《びょういん》をめざしました。

片側《かたがわ》二車線《しゃせん》ある大通《おおどお》りに出《で》たとき、道路《どうろ》のむこうで信号待《しんごうま》ちをしている、ミチのすがたが目《め》にとびこんできました。

病院《びょういん》から帰《かえ》ってくるところなのでしょう。目《め》に手《て》を当《あ》てて泣《な》いているようです。病院《びょういん》で面会《めんかい》をことわられてしまったのかもしれません。

ルナがほっとして、ミチの名前《なまえ》をよぼうとしたとき、歩行者《ほこうしゃ》の信号《しんごう》が青《あお》になって、ミチがわたってきました。

そのときです。

反対車線《はんたいしゃせん》から信号無視《しんごうむし》をして、横断歩道《おうだんほどう》をつっきろうとしてくる大型《おおがた》トラックが見《み》えました。

泣《な》いているミチは気《き》づきません。

(ミッちゃん、あぶないっ！)

そう思《おも》ったとき、うなじが燃《も》えるようにいたくなりました。

目《め》の前《まえ》がまっ白《しろ》になり、時《とき》がとまったように感《かん》じました。まわりの景色《けしき》がスローモーションのように動《うご》いています。せまりくるトラックを見《み》た、人《ひと》びとの口《くち》が大《おお》きくひらき、あわてているようすが映画《えいが》のコマ送《おく》りのようです。

ブォ――――。

トラックがクラクションの音《おと》をひびかせながら、ミチに近《ちか》づいてきます。

トラックに気《き》づいたミチの目《め》が大《おお》きく見《み》ひらかれ、魔法《まほう》にかかったように動《うご》か

なくなりました。
キキーッ。
トラックがタイヤをきしませながら、急《きゅう》ブレーキをかけました。
タイヤの回転《かいてん》がひどくのろのろとしているのが、とても不自然《ふしぜん》に感《かん》じます。
「ひかれる！」
ルナはさけんで目《め》をとじました。
しばらくして、おそるおそる顔《かお》をあげると、うずくまったミチの頭上《ずじょう》すれすれのところで、トラックのバンパーがとまっていました。

その瞬間《しゅんかん》、スローモーションのような動《うご》きをしていた景色《けしき》と、まのびしていたような音《おと》がもとにもどり、ふたたび、ざわめきにつつまれました。

ルナは力《ちから》の入《はい》らないひざをむりに動《うご》かすと、よろよろと横断歩道《おうだんほどう》にとびだして、ミチをだきしめました。

うでのなかで、ミチが大声《おおごえ》で泣《な》きだすのをききながら、ルナはぼんやりしていました。

（いま、わたしが見《み》た風景《ふうけい》はなに？　タイヤの回転《かいてん》までゆっくり見《み》えた……。）

考《かんが》えようとすると、それをこばむかのように、ふたたび頭痛《ずつう》がはじまりました。

5 開《あ》かずの木箱《きばこ》

その日《ひ》の夜《よる》、医務室《いむしつ》のベッドで寝《ね》ていたルナは、ふたたびおそった、うなじのいたみに目《め》をさましました。

起《お》きあがって、首《くび》の後《うし》ろをさわると、ぬめりとした感《かん》じがあって、思《おも》わず手《て》を引《ひ》っこめました。

ルナの全身《ぜんしん》に鳥肌《とりはだ》がたちました。明《あき》らかに、いつもそこにあるかさぶたの感触《かんしょく》ではありません。しめったカエルか魚《さかな》でもさわったような感《かん》じなのです。

ルナはベッドをおりると、あかりをつけて、洗面台《せんめんだい》のほうへ進《すす》みました。医務《いむ》

室《しつ》のなかには、かんたんな洗面台《せんめんだい》があって、その上《うえ》には鏡《かがみ》がそなえつけてあります。

ルナはその前《まえ》に立《た》つと、体《からだ》をひねり、首《くび》の後《うし》ろを見《み》ようとしました。しかし、長《なが》い髪《かみ》にかくれているうなじを、見《み》ることができません。

おそるおそる、髪《かみ》をかき分《わ》け、そこに映《うつ》っているものを見《み》たとたん、ルナはひざから、へなへなとくずおれました。

そこには、『目《め》』があったのです。

うすきみわるい目《め》が、ルナのうなじか

ら、鏡《かがみ》ごしにルナを見《み》ていたのです。

ぬめりとした感触《かんしょく》は、角膜《かくまく》にふれたからでした。

『伝説《でんせつ》の子《こ》』『妖怪《ようかい》』といったことばが、よみがえりました。

(わたしはふつうの人間《にんげん》じゃなかったの？　スネリがいったことは、ほんとうだったの？)

ルナは、暗《くら》い闇《やみ》の底《そこ》に落《お》とされたようなショックに、うずくまりました。

そのとき、かすかな音《おと》をきいた気《き》がして、頭《あたま》をあげました。

窓《まど》の外《そと》に、もっけとスネリがいました。ふたりは、かぎのかかっている窓《まど》ガラスを開《あ》けて、ルナのそばにおりたちました。

スネリがしずかな声《こえ》でつぶやきました。

「とうとう第三《だいさん》の目《め》が、目《め》ざめたのね。」

ルナは、涙《なみだ》のながれる目《め》でスネリを見《み》つめ、心《こころ》を決《き》めると、スネリともっけにむきあいました。

もう、にげられない。真実《しんじつ》を知《し》らなければならないと決心《けっしん》しました。

「くわしく教《おし》えて。わたしのことを。」

スネリはうなずいて、話《はな》しはじめました。

「ルナは妖怪《ようかい》のきつねのお母《かあ》さんと、人間《にんげん》のお父《とう》さんとのあいだに生《う》まれた子《こ》、ということは話《はな》したわよね。ふたりは小《ちい》さな孤島《ことう》の住人《じゅうにん》だったの。お母《かあ》さんは、人間《にんげん》世界《せかい》に住《す》む妖怪《ようかい》の末《まつ》えい、最後《さいご》のひとりだった。お母《かあ》さんが妖怪《ようかい》だということは、お父《とう》さんだけが知《し》っていたの。そして、人間《にんげん》との子《こ》どもをうめば、お母《かあ》さんが死《し》んでしまうということも。それでも、お母《かあ》さんはおなかにやどったあなたをうみたかったのね。ルナが生《う》まれたと同時《どうじ》に命《いのち》を落《お》としてしまった。」

ルナは、スネリが話《はな》しているのが、自分《じぶん》のことではなくて、見知《みし》らぬ遠《とお》い国《くに》のおとぎ話《ばなし》のように感《かん》じていました。

「ところが、生《う》まれてきたルナを見《み》たお父《とう》さんは、とてもおどろいたの。ルナのうなじにあるその第三《だいさん》の目《め》を見《み》てしまったから。お父《とう》さんは陰陽道《おんみょうどう》を伝《つた》える家筋《いえすじ》の陰陽師《おんみょうじ》で、なくなったおじいさんから伝《つた》えきいた伝説《でんせつ》があったの。それは、『第三《だいさん》の目《め》をうなじにもつ者《もの》があらわれたとき、世界《せかい》がふるえる』と。それで、お父《とう》さんはまよった。あなたがいることで、世界《せかい》が滅亡《めつぼう》するのではないかと。」

「わたしがいることで、世界《せかい》が……。」

ルナはまゆをひそめてつぶやきました。

「それが『伝説《でんせつ》の子《こ》のいい伝《つた》え』のひとつだったの。それで、お父《とう》さんは決心《けっしん》した。お父《とう》さんはルナの第三《だいさん》の目《め》を封印《ふういん》することにしたの。第三《だいさん》の目《め》を完全《かんぜん》に消《け》してしまうことはできないけれど、封印《ふういん》はできる。封印《ふういん》というのは、陰陽道《おんみょうどう》の力《ちから》で、ルナが生《い》きているかぎりは、第三《だいさん》の目《め》を目《め》ざめさせないようにするということよ。」

「でも、うなじの目《め》は……。」

「そうなの。目《め》ざめてしまった。その理由《りゆう》は、これから説明《せつめい》するから、待《ま》って。で、封印《ふういん》する方法《ほうほう》はひとつ。悠久《ゆうきゅう》の玉《たま》をつかって、封印《ふういん》する者《もの》の命《いのち》を犠牲《ぎせい》にしなければならなかった。」

「じゃあ、お父《とう》さんは。」

「ええ。お父《とう》さんは命《いのち》をかけて、ルナの力《ちから》を封印《ふういん》したのよ。」

ルナは胸《むね》がはりさけそうになりました。お母《かあ》さんもお父《とう》さんも、ルナのために死《し》んでしまったのです。けれど、ルナは、心《こころ》のなかに「絶望《ぜつぼう》」だけでなく、ひとつのともしびがともったのを感《かん》じました。

(お父《とう》さんもお母《かあ》さんも、わたしのことを愛《あい》してくれていた！)

そのことが、いままですてられたと思《おも》っていたルナには、どんなにか大《おお》きなともしびになったことでしょう。

「お父《とう》さんとお母《かあ》さんがなくなったあと、船《ふね》にのって本州《ほんしゅう》にわたった島人《しまびと》の手《て》によって、この学園《がくえん》に引《ひ》きとられたの。そして、ルナのうなじにのこったかさぶたは、二度《にど》とはがれることがなかったはずなの。悠久《ゆうきゅう》の玉《たま》も、お父《とう》さんの手《て》によってかくされ、封印《ふういん》されたはずだった。」

「その悠久《ゆうきゅう》の玉《たま》っていうものは、いったいなんなの？　かまちは、わたしがそのひみつを知《し》っているといったけれど、わたしはきいたこともないのよ。」

「そうね、順《じゅん》をおって話《はな》すわ。昔《むかし》、まだわたしたち妖怪《ようかい》が、この世界《せかい》と妖怪《ようかい》の世《せ》界《かい》を行《い》き来《き》できた時代《じだい》があったの。その時代《じだい》に、むこうの世界《せかい》でお姫《ひめ》さまだったあなたのお母《かあ》さんに、わたしともっけはつかえていたのよ。わたしたちは、しずかにこの世界《せかい》を楽《たの》しんでいた。でも、どの世界《せかい》にもいるけれど、妖怪《ようかい》の世界《せかい》にも悪者《わるもの》がいたのよ。人間世界《にんげんせかい》を征服《せいふく》しようとたくらんでいた妖怪《ようかい》がね。そのことを知《し》ったあなたのお父《とう》さんの祖先《そせん》が、人間世界《にんげんせかい》を守《まも》るために、悠久《ゆうきゅう》の玉《たま》をつかって結界《けっかい》をはったの。」

「結界《けっかい》って？」

「妖怪《ようかい》が、二度《にど》と人間世界《にんげんせかい》に出《で》てこられないようにするためのバリアみたいなものよ。日本《にほん》にある五か所《しょ》の地点《ちてん》に、それぞれ祠《ほこら》をたてて、悠久《ゆうきゅう》の玉《たま》をまつったの。そのうちのひとつの祠《ほこら》は、ルナの生《う》まれた島《しま》にあって、そこをあなたのお父《とう》さんが守《まも》っていたのよ。悠久《ゆうきゅう》の玉《たま》のうちの四つはなくなってしまったけれど、ただひとつのこっていたのが、その島《しま》の祠《ほこら》にある玉《たま》だった。」

「わたしの生《う》まれた島《しま》はどこなの？」

「きのうの夜《よる》、地震《じしん》があったでしょ。震源地《しんげんち》はどこか知《し》ってる？」

「地震《じしん》は気《き》づいたけれど、震源地《しんげんち》は知《し》らない。」

「震源地《しんげんち》は、ここから遠《とお》い近畿地方《きんきちほう》にある夜鳴島《よなきじま》。海底火山《かいていかざん》の噴火《ふんか》の影響《えいきょう》をうけて、一夜《いちや》にしてしずんでしまったの。大《おお》きな地震《じしん》だったのよ。」

「夜鳴島《よなきじま》。もしかして、そこが！」

きいたことのない島《しま》なのに、その島《しま》の名前《なまえ》をきいたとたん、ルナの体《からだ》はひとりでにふるえてきました。

「そう。ルナ、あなたの生《う》まれた島《しま》。そして五つの祠《ほこら》のひとつがあった場所《ばしょ》。」

スネリの琥珀色《こはくいろ》の目《め》がきらりと光《ひか》りました。

「待《ま》って。五つのうちのひとつの祠《ほこら》がしずんでしまったということは……。」

ルナのことばに、今度《こんど》はもっけが答《こた》えました。

「ルナの思《おも》っているとおりだよ。第三《だいさん》の目《め》が目《め》ざめて、さすがに頭《あたま》の回転《かいてん》も速《はや》くなったな。結界《けっかい》が破《やぶ》られたということだ。それで、妖怪《ようかい》がこっちの世界《せかい》に出《で》てこられるようになったんだ。」

「それで、あなたたちやかまちが出《で》てこられるようになったってことなのね。でも、おかしいよ。お母《かあ》さんはどうして、こっちの世界《せかい》にいることができたの？お母《かあ》さんも妖怪《ようかい》だったはずなのに。」

その質問《しつもん》には、スネリが答《こた》えました。

「ルナのお母《かあ》さんはね、特別《とくべつ》に大《おお》きな力《ちから》があったの。こちらの世界《せかい》とあちらの世《せ》界《かい》を行《い》ったり来《き》たりできる、ただひとりの妖怪《ようかい》だったから。」

「……それで、悠久《ゆうきゅう》の玉《たま》は、どこに行《い》ったの？　どうして、かまちは悠久《ゆうきゅう》の玉《たま》をさがしているの？」

「なぜ、かまちが悠久《ゆうきゅう》の玉《たま》をさがしているのかは、わからない。悠久《ゆうきゅう》の玉《たま》のゆくえは、わたしやもっけにもわからないわ。ただ、悠久《ゆうきゅう》の玉《たま》がどこかにあって、あなたのうなじに作用《さよう》していることはまちがいないのよ。悠久《ゆうきゅう》の玉《たま》が夜鳴島《よなきじま》とともにしずんでしまったとは思《おも》えないの。でも、かまちのことばは確信《かくしん》に満《み》ちていたわ。『伝説《でんせつ》の子《こ》がひみつをにぎっている』って。」

「そうなんだよ。おいらもずっと気《き》になっていたんだけど。それで思《おも》いだしたんだけどさ、『伝説《でんせつ》の子《こ》のいい伝《つた》え』には、もうひとつ説《せつ》があったのを、スネリは知《し》らねえか？　もしかしたら、かまちは知《し》っていたのかも。伝説《でんせつ》の子《こ》がにぎるひみつというのは、もうひとつのいい伝《つた》えに関係《かんけい》しているのかもしれねえ……。」

スネリはしばらく考《かんが》えていましたが、首《くび》をふりました。

「そうなのかしら。わたしもうひとつの説《せつ》については、なにもきいていないわ。ね、ルナ、ルナがこの学園《がくえん》におきざりにされたときに、身《み》につけていたものってないのかしら。もしかしたら、それに手《て》がかりがあるかも。」

ルナはおびえるように、あとずさりをしました。

「なぜ、スネリやもっけが知《し》らないことを、わたしが知《し》ることができるのよ。」

自分自身《じぶんじしん》の体《からだ》のことや生《お》いたちのことなのに、まったく理解《りかい》できないことに、不安《ふあん》が深《ふか》まるばかりだったのです。

(それに、ふたつあった宝物《たからもの》のひとつであるペンダントはなくなってしまった。のこったもうひとつの宝物《たからもの》は……。でも、手《て》がかりがあるとしたら、「あれ」しかないかも。)

ルナは心《こころ》のなかのもやもやを消《け》すように、ぶるんといきおいよく首《くび》をふると、

「待《ま》ってて。」と一言《ひとこと》いいおいて、医務室《いむしつ》から出《で》ていきました。

しばらくして、ルナはもどってくると、手《て》にしていた小《ちい》さな木箱《きばこ》を、医務室《いむしつ》のテーブルの上《うえ》におきました。

オルゴールほどの大《おお》きさの木箱《きばこ》です。しかし、オルゴールとちがって、箱《はこ》にはなんのかざりもほどこされていませんでした。絵《え》も模様《もよう》もえがかれていなければ、文字《もじ》ひとつ書《か》かれているわけではありません。かなり古《ふる》いものなのか、木肌《きはだ》は黒《くろ》ずんでいました。

それでも、ルナの大切《たいせつ》な宝物《たからもの》でした。おきざりにされたとき、おくるみのなかに、ペンダントといっしょにつつまれていたのです。

「この木箱《きばこ》、おきざりにされたときに、おくるみのなかにつつまれていたってき

いたの。でも、手《て》がかりにはならないと思《おも》うけれど。」

ルナのことばに、スネリは優雅《ゆうが》にテーブルの上《うえ》にとびのると、木箱《きばこ》に鼻《はな》を近《ちか》づけました。

「このなかに、なにが入《はい》っているの？」

「わからないの。」

ルナは木箱《きばこ》をもちあげました。

ふたの部分《ぶぶん》の中央《ちゅうおう》に、小《ちい》さなくぼみがあります。やわらかいねんどに人《ひと》さし指《ゆび》をおしつけたあとのように、ぽこんとへこんでいました。くぼみに指《ゆび》をかけて、開《あ》けてみようとしましたが、案《あん》の定《じょう》、箱《はこ》はびくともしません。

「いままで、いろいろな方法《ほうほう》をためしてみたの。たたいたり、おしたり、引《ひ》っぱったり。でも、なにをやってもひらかなかったの。だから、ずいぶんまえに、開《あ》けることをあきらめたんだ。」

スネリも前足《まえあし》をふたにおしつけてみたりしていました。それを見《み》ていたもつけは、「もしかしたら。」というと、軽《かる》くとび、テーブルに着地《ちゃくち》しました。

「この木箱《きばこ》をもってみな。」

ルナに指図《さしず》しました。ルナが木箱《きばこ》をもつと、もつけがさらにいいました。

「その木箱《きばこ》を、ルナの首《くび》の後《うし》ろにもっていって、そう、そして、そのくぼみに第《だい》三《さん》の目《め》をおしつけるんだ。」

ルナは「えっ。」とおどろきましたが、いわれたとおりに、木箱《きばこ》のくぼみに、うなじの第三《だいさん》の目《め》をおしつけました。

ルナは首《くび》すじに静電気《せいでんき》が走《はし》ったように、ピリピリとしたいたみを感《かん》じました。それと同時《どうじ》に、木箱《きばこ》がかたん、と音《おと》をたてて床《ゆか》に落《お》ちました。

すると、木箱《きばこ》のふたがひらいて、なかから、ころころと、なにかがころげでてきました。

「巻物《まきもの》だわ!」

スネリがいいました。

ルナはおそるおそる巻物《まきもの》をひろいあげました。ポッキーチョコレートほどの長《なが》さの小《ちい》さな巻物《まきもの》です。

紫色《むらさきいろ》のふさをほどくと、黄《き》ばんだ和紙《わし》に、ながれるような墨《すみ》の文字《もじ》があらわれました。

『いひ伝《つた》へたる御子《みこ》　あらはれ給《たま》はは
悠久《ゆうきゅう》の玉《たま》の力《ちから》　かきりなし
そを得《え》は　我《わ》か妖《あやか》しの力《ちから》
いや増《ま》しに増《ま》さむ
聖玉《せいぎょく》のゆくへ　たた御子《みこ》のみそ
知《し》り給《たま》ふ
玉《たま》　御許《みもと》へ戻《もど》りなは……』

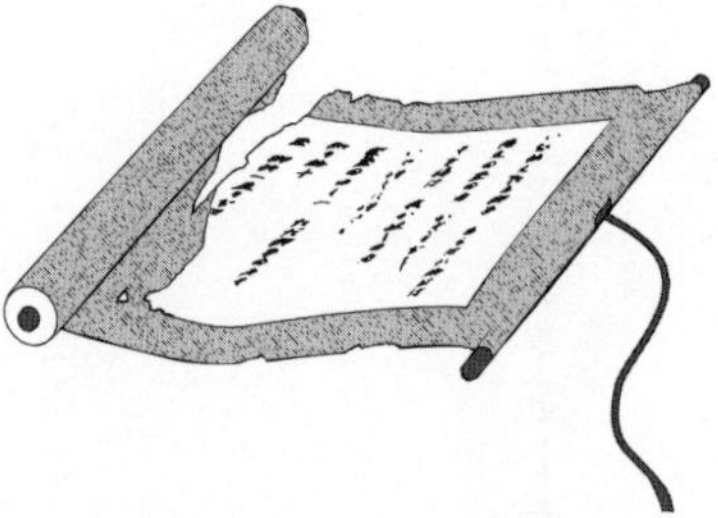

巻物《まきもの》はとちゅうから、破《やぶ》られていました。そのあとの文字《もじ》を見《み》ることはできません。そもそも、むずかしい漢字《かんじ》やいいまわしで、ルナには読《よ》みとることもできませんでした。

もっけがつぶやきました。

「伝説《でんせつ》の子《こ》があらわれたとき、悠久《ゆうきゅう》の玉《たま》の力《ちから》が最大《さいだい》になり、それを手《て》に入《い》れたならば、われら妖怪《ようかい》の力《ちから》は最高《さいこう》のものになる。しかし、悠久《ゆうきゅう》の玉《たま》のゆくえは、伝説《でんせつ》の子《こ》だけが知《し》っている。もし、伝説《でんせつ》の子《こ》のもとへ玉《たま》がもどったならば……。」

「もし、もどったならば？」

ルナのことばに、もっけは首《くび》をまわしました。

「その先《さき》は破《やぶ》けてるんだよ。」

ふうー。

ルナがたえきれないように、ため息《いき》をもらしました。緊張《きんちょう》していたのです。

「かまちは最大《さいだい》の力《ちから》を手《て》にしようとして、悠久《ゆうきゅう》の玉《たま》をさがしているということね。玉《たま》のゆくえを、わたしが知《し》っていると思《おも》って、おそったんだわ。」

ルナはきびしい目《め》で、窓《まど》の外《そと》を見《み》つめました。

「でも、わたし、悠久《ゆうきゅう》の玉《たま》のゆくえなんて知《し》らない。」

「なぜ、かまちはこのいい伝《つた》えを知《し》っていたんだろう。この木箱《きばこ》は、ずっとルナのもとにあったんだよな。」

「うん、そう。肌身《はだみ》はなさずってわけじゃなかったけれど、毎晩《まいばん》、寝《ね》るまえには、机《つくえ》の引《ひ》き出《だ》しからとりだして見《み》ていたから。」

ルナはいいながら、ペンダントのことを思《おも》いだして、目《め》をふせました。

「ふしぎだわ。……かまちの後《うし》ろに、なにものかがいるのかしら……。なにもかも知《し》っているもの。だとすると……それはもちろん、人間《にんげん》でなくて……。」

スネリはぶるりと全身《ぜんしん》をふるわせると、しっぽを立《た》てました。それから、ふと床《ゆか》を見《み》ていいました。

「あら、木箱《きばこ》のふたのうら側《がわ》にも、なにか書《か》かれているわ。」
スネリが前足《まえあし》で、たおれていた木箱《きばこ》を、コトリと起《お》こしました。
『天高《てんたか》く舞《ま》ひ
あまたの心憂《こころう》きことをゆるし
心《こころ》 鬼神《きじん》に通《つう》し
魂《たましい》 天地《てんち》におさめよ』
スネリがいいました。
「天高《てんたか》く舞《ま》い、すべての罪《つみ》をゆるし、心《こころ》は鬼神《きじん》にも到達《とうたつ》し、魂《たましい》は天地《てんち》をおさめよ。このことばは、伝《つた》えきいていた伝説《でんせつ》の子《こ》のことだわ。」
スネリの鈴《すず》の音《ね》のような声《こえ》をききおわったあと、ルナは「あ。」と小《ちい》さくさけびました。

都和子先生《とわこせんせい》がいっていた「ゆるす」ということばを思《おも》いだしたのです。ルナは、ここにはいない都和子先生《とわこせんせい》がすぐそばにいて、ルナを見守《みまも》ってくれている感覚《かんかく》におそわれました。

でも、『鬼神《きじん》』ということばがわかりません。神《かみ》だけでなく、鬼《おに》がつくことがおそろしいと感《かん》じました。

ふたのうらの文字《もじ》の最後《さいご》には、墨《すみ》の円《えん》がえがいてあり、そのなかには鷲《わし》が一羽《わ》えがかれてありました。

大空《おおぞら》に翼《つばさ》を広《ひろ》げてはばたく鷲《わし》の絵《え》はうつくしくて、なぜかわからないけれど、ルナはかなしいような気持《きも》ちになりました。その鷲《わし》の絵《え》は、それからもずっとルナの心《こころ》のなかにあって、わすれることはありませんでした。

6 かまちをおって

「かまちが、なぜルナをおそったのか、なぞが解《と》けたわね。」

スネリが木箱《きばこ》を見《み》つめました。

「まだ、なぞはのこるけどね。」

もっけがいい、スネリはルナを見《み》あげました。

「これからも、かまちやほかの妖怪《ようかい》たちが悠久《ゆうきゅう》の玉《たま》のゆくえを知《し》りたいがために、ルナをおそうと思《おも》う。けれど、わたしたちふたりは、あなたを守《まも》るわ。かまちたちが最大《さいだい》の力《ちから》を得《え》たら、たいへんなことになるのはわかっているから。まなみやサエにしたひどいことを見《み》てもね。」

「ああ、ひどいな。どうしようもないやつだぜ。」

ふたりのことばに、ルナはじっと考《かんが》えていました。ルナの心《こころ》のなかには、まだ不安《ふあん》が大《おお》きくふくらんでいます。

それでも、まなみやサエのことを考《かんが》えると、かまちをゆるすことができません。

「わたしには、悠久《ゆうきゅう》の玉《たま》がどこにあるかはわからない。それでも、かまちがおそってくるよね。わたし、かまちと戦《たたか》う。それで、かならずチャエを無事《ぶじ》に帰《かえ》らせる。」

「ただし、かまちは強《つよ》い。ルナの第三《だいさん》の目《め》が目《め》ざめて、それによって妖力《ようりょく》が開花《かいか》したとしても、まだ、どんな力《ちから》があるかわからないわ。危険《きけん》なことは承知《しょうち》していてね。」

スネリが心配《しんぱい》そうにルナにいいました。

「妖力《ようりょく》って？」

「おいらたち妖怪《ようかい》のもつ、特殊《とくしゅ》な力《ちから》だ。」

「もっけの聴力《ちょうりょく》やわたしのすがたを消《け》す能力《のうりょく》よ。」

スネリが答《こた》えると、ルナは、

「でも、わたしには……。」

とこまったように首《くび》をかしげました。

「ルナの妖力《ようりょく》は、まだだれにもわからないわ。」

「そういえば、きょう、とつぜん目《め》がおかしくなったの。ミッちゃんが事故《じこ》にあいそうになった瞬間《しゅんかん》、まわりの景色《けしき》がスローモーションのように、ゆっくり見《み》えたの。」

ルナのことばに、もっけがまゆげのような羽《はね》をぴくりと動《うご》かしました。スネリも耳《みみ》を後《うし》ろにピンと立《た》たせました。

「それって……もしや。とにかく、その第三《だいさん》の目《め》、それがひらいていると、体力《たいりょく》をムダにつかって、バテてしまうの。いまのルナでは、セーブするのがむずかしい。だから、これをつかうといいわ。」

スネリは、前足《まえあし》を器用《きよう》に動《うご》かして、首《くび》にかけていた黒《くろ》い革《かわ》ひもをはずしました。首輪《くびわ》だと思《おも》っていましたが、よく見《み》ると、にぶく光《ひか》る満月《まんげつ》をかたどった銅板《どうばん》がついていました。

スネリから革《かわ》ひもをもらったルナが、これをどうするものかとまよっていると、スネリが教《おし》えてくれました。

「わたしがしていたように首《くび》につけて、チョーカーにしてみて。そう、それでちょうど月《つき》の部《ぶ》分《ぶん》で、第三《だいさん》の目《め》をふさぐように。」

ルナが、スネリのいうとおりに、革《かわ》ひもをチョーカーのようにして、首《くび》にむすんだとたん、ルナの内側《うちがわ》からみなぎっていた力《ちから》が、ふわっとぬけていくように感《かん》じました。氷《こおり》がとけていくように、頭痛《ずつう》もやわらぎました。

「このチョーカーは、かさぶたのかわりに、第《だい》三《さん》の目《め》を封《ふう》じる役目《やくめ》をするの。」

「どうして、これをもっていたの？」

「ずっと昔《むかし》よ。わたしの小《ちい》さいころ、母《はは》からもらったの。伝説《でんせつ》の子《こ》が生《う》まれたときに、これをさしあげろと。代々《だいだい》うけつがれていたものらしいの。伝説《でんせつ》の子《こ》を守《まも》るようにという、ことばとともに。」

「そんな昔《むかし》から、かならず、わたしが生《う》まれるとわかっていたの？」

「ええ。」

「それに、わたしを守《まも》れと？」

「ええ、そうよ。」

スネリはルナをきりりと見《み》ました。

「おいらもそうだ。赤《あか》ちゃんのころから、伝説《でんせつ》の子《こ》を守《まも》るようにといわれてそだったんだ。おいらは、生《う》まれてもいない子《こ》どものことなんて、どうしてわかるのかと、半信半疑《はんしんはんぎ》だったけどね。でも、そのときにわたされたものは、ちゃんとわすれずにもってきたぜ。」

もっけは、とくいそうにそういって、ルナの肩《かた》にとまると、いきなりくちばしをひらいて、「ぼ〜。」と鳴《な》いてみせました。

「どうしたの！」

ルナはおどろいて、もっけを見《み》ました。

小《ちい》さいと思《おも》っていたくちばしは、じつは羽毛《うもう》にかくれていて、先《さき》しか見《み》えていなかったのです。

もっけの口《くち》はとても大《おお》きくて、くちばしをひらいたすがたは、ちょっと猫《ねこ》のスネリと似《に》ていました。口《くち》のなかにきばがあるかないかの、ちがいだけです。

おどろいているルナにかまわず、もっけはいっそう大《おお》きな声《こえ》で、「ぼ〜。」と鳴《な》きつづけます。

それで、ルナが口《くち》のなかをのぞきこむように、よく見《み》ると、舌《した》のうらの部分《ぶぶん》に、なにやら光《ひか》るものがありました。

ルナはおそるおそる手《て》をのばして、もっけのくちばしのあいだから、光《ひか》るものをとりだしました。

「とれた？　ああ、それ、それ。」

もっけは、のどがいがいがしたのか、ぺっぺと、しきりにつばをとばしています。

光《ひか》っていたのは、まるい形《かたち》の金色《きんいろ》のメダルのようでした。メダルの表《おもて》には、星《ほし》の形《かたち》のマークがほられていました。うら側《がわ》には、見《み》たこともないふしぎな形《かたち》の字《じ》で、文章《ぶんしょう》がつづられていました。ルナにはまったく読《よ》めない字《じ》です。

「このメダルの役割《やくわり》はなあに？」

「知《し》らねえよ。だって、おいらだって、まだ赤《あか》んぼうのときにもらったんだぜ。そのときからずっと、口《くち》のなかだったから、入《い》れていたこともわすれていたぐらいさ。」

もっけがえらそうにいいました。ルナは思《おも》わずメダルを落《お》としそうになりました。

「ずっと、もっけの口《くち》のなかだったの!」

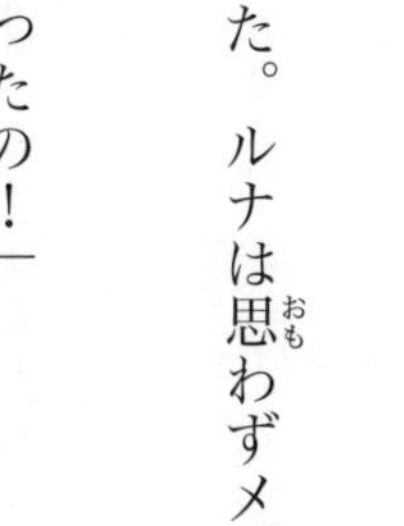

「まあね。でも、平気《へいき》だよ。食《く》うときも、とくにじゃまには感《かん》じなかったから。」

もっけがすましているので、ルナはスネリと顔《かお》を見《み》あわせてしまいました。あきれましたが、なんだかおかしくて、すぐにわらいだしました。

もっけは、きょとんとしていました。スネリは、ルナがわらっているので安心《あんしん》しました。ルナが心《こころ》の底《そこ》からわらったように見《み》えたのです。そんなルナを見《み》るのは、はじめてでしたから。

朝《あさ》になるのを待《ま》たずに、ルナはスネリともっけとともに、かまちを見《み》つけるため学園《がくえん》をぬけだしました。

学園《がくえん》にいれば、またルナをねらうかまちがくるかもしれません。学園《がくえん》のみんなにめいわくがかかってしまいます。かまちがだれかを傷《きず》つけるのを見《み》るのは、もういやだと思《おも》ったのでした。

門《もん》を出《で》て丘《おか》にのぼろうとしたルナを、肩《かた》にとまっていたもっけが引《ひ》きとめました。

「こっちの学校《がっこう》へ行《い》く道《みち》のほうがあやしそうだぞ。おいらには、あの風《かぜ》の刃《やいば》の音《おと》がきこえる。」

「だって、こっちは住宅地《じゅうたくち》だよ。家《いえ》がたくさんあるのに。まさか、また、だれかが、かまちのえじきになったんじゃないよね。」

「人《ひと》の悲鳴《ひめい》らしきものはきこえないから、だいじょうぶだとは思《おも》うけど。急《いそ》ごうぜ。」

もっけがとび、スネリが走《はし》ると、ルナの走《はし》る速《はや》さではとてもおいつけません。

「待《ま》ってよー。」

ころびそうになりながら、おいかけるルナに、スネリが後《うし》ろをふりかえりながらいいました。

「ルナはゆっくりくるといいわ。体力《たいりょく》を温存《おんぞん》しておかなければならないもの。」

ルナは走《はし》りながら、くやしいと思《おも》いました。ルナの走《はし》る速度《そくど》では、どんどんおいていかれて、そのうちスネリを見《み》うしなってしまいます。すでに、もっけのすがたは夜空《よぞら》の闇《やみ》にとけて、見《み》えなくなっています。

「見《み》えなくなっちゃったら、どこへ行《い》けばいいかわからないじゃなーい。」

けれど、ルナのことばはむなしくひびくだけでした。スネリの白《しろ》くて長《なが》い毛足《けあし》のしっぽは、もう見《み》えません。

ルナはふと、まわりを見《み》わたしました。

ここは新《あたら》しい住宅地《じゅうたくち》です。クリーム色《いろ》の外壁《がいへき》のある家《いえ》や、チョコレート色《いろ》のれんがの家《いえ》などが、まるでケーキのようです。

あたたかいオレンジ色《いろ》の外灯《がいとう》の下《した》には、家族《かぞく》でのるのでしょう、ワンボックスの車《くるま》と、子《こ》ども用《よう》の自転車《じてんしゃ》がとめられていました。

ルナの心《こころ》に、いたいような、さみしいような気持《きも》ちが生《う》まれました。

(わたしの家族《かぞく》は、もういない。お父《とう》さんもお母《かあ》さんも死《し》んでしまった。)

しかし、すぐに首《くび》をふって、ふたたび前《まえ》を見《み》すえると走《はし》りだしました。

もっけが、古《ふる》いアパートの屋上《おくじょう》にかまちを見《み》つけたのと同時《どうじ》に、スネリが到着《とうちゃく》しました。

「おまえらか。くると思《おも》ってたよ。伝説《でんせつ》の子《こ》の登場《とうじょう》はまだらしいな。」

屋上《おくじょう》の金網《かなあみ》のさくごしに、かまちの声《こえ》がひびきました。しかし、その声《こえ》は人間《にんげん》には風《かぜ》の音《おと》にしかきこえません。

もっけの声《こえ》やスネリの声《こえ》も、特殊《とくしゅ》な超音波《ちょうおんぱ》なので、人間《にんげん》にはきこえないのです。ルナ以外《いがい》の人間《にんげん》には。

ところが、かまちの声《こえ》に、犬《いぬ》たちがほえだしました。動物《どうぶつ》にはなにか感《かん》じるところがあるのでしょう。

「せおっている女《おんな》の子《こ》をかえせ。」

もっけがさけびました。

かまちの背中《せなか》には、むぞうさにせおわれたサエがいたのです。うでも足《あし》もだらりとしたサエのひとみはとじられていました。意識《いしき》はないようですが、生《い》きています。サエの弱々《よわよわ》しい息《いき》づかいが、もっけにはきこえました。かまちがつけた傷《きず》からの出血《しゅっけつ》もとまっているようで、スネリもほっとしました。

「かえせだと？　こいつはだいじな人質《ひとじち》だ。ルナがくるまでわたせない。」

「じゃあ、おいらたちが、力《ちから》ずくでかえしてもらうしかないな。」

「わたしたちが相手《あいて》をしてあげるわよ。」

もっけとスネリがちょうはつしました。じつはルナよりも先《さき》に走《はし》ってきたのは、スネリともっけの作戦《さくせん》だったのです。

まだ、ルナの妖力《ようりょく》は未知数《みちすう》です。かまちはかなり強《つよ》い妖怪《ようかい》です。正直《しょうじき》、ルナがかなう相手《あいて》であるとは思《おも》えません。

スネリもつけも、自分《じぶん》たちでかまちをたおさなければと思《おも》ったのでした。

ところが、かまちはふたりの気持《きも》ちを知《し》ってか、サエをせおったまま、おろそうとしません。

「おまえらと戦《たたか》っても意味《いみ》がない。オレは悠久《ゆうきゅう》の玉《たま》のありかを知《し》りたいだけだ。」

「悠久《ゆうきゅう》の玉《たま》を手《て》に入《い》れて、どうするつもり?」

スネリはたずねながら、五階建《かいだ》てのアパートに近《ちか》づきました。ここからだと、外《そと》にある非常階段《ひじょうかいだん》をのぼっていくのが、屋上《おくじょう》に行《い》く近道《ちかみち》だと思《おも》いながら。

「そんなことは、オレの自由《じゆう》だ。おまえらにいうつもりはない。」

「ケチ。口《くち》がへるわけじゃねえのに。」

もっけは、近《ちか》くのけやきの木《き》の枝《えだ》から屋上《おくじょう》にむかっていいました。ここからだと、ひとっとびにとべるなと考《かんが》えながら。

ところが、かまちは、すべてお見《み》とおしでした。

「おまえら、それ以上近《いじょうちか》づくなよ。」

と、背中《せなか》をゆするといいました。サエの体《からだ》が力《ちから》なくゆらゆらとゆれます。

もっけもスネリもはっとして、身《み》を引《ひ》きました。

「それ以上近《いじょうちか》づいたら。」

かまちはそういいながら、屋上《おくじょう》のさくの上《うえ》にジャンプしてのりました。

「こいつを、ここから落《お》とす。」

かまちは、残忍《ざんにん》そうにわらいました。

「おまえ……なんてきたねえやつなんだ。妖怪《ようかい》の風上《かざかみ》にもおけないやつだな。」

もっけがくやしそうに、羽《はね》をばたつかせました。

「風上《かざかみ》におけないって？　バカか、おまえ。オレは風《かぜ》をつくる妖怪《ようかい》だぜ。風《かぜ》はオレから生《う》まれてくるのを、わすれてもらっちゃこまるな。」

「バカなのは、あんたよ！」

スネリが全身《ぜんしん》の毛《け》をさかだてて うなりました。

「なにかかんちがいしてない？　あの子《こ》はルナという名前《なまえ》だけど、伝説《でんせつ》の子《こ》ではないわ。あんたがおそおうとしても、ルナはなにもできなかったでしょう。あそこでもっけが助《たす》けていなければ、あんたの風《かぜ》の刃《やいば》はルナをとらえていたはずよ。」

「そうさ、ルナは伝説《でんせつ》の子《こ》でなんかないぞ。なんの能力《のうりょく》もないんだからな。」

もっけのことばに、かまちは黒《くろ》くぬれた鼻《はな》をひくつかせました。

「おまえらが、あの子《こ》をかばおうとしているのはお見《み》とおしだ。あのルナって子《こ》は、たしかに伝説《でんせつ》の子《こ》だ。オレの鼻《はな》がそういっている。においだ。においがする。封印《ふういん》が解《と》かれ、こっちの世界《せかい》にきたとき、すぐにわかった。あいつのにおいは弱《よわ》い。このサエという子《こ》どもとまちがえたくらいに、人間《にんげん》に近《ちか》いにおいだ。だが、ルナに会《あ》って確信《かくしん》した。あいつは伝説《でんせつ》の子《こ》だ。オレの鼻《はな》はごまかせやしない。」

かまちは、もっけを見《み》すえました。けやきの木《き》の枝《えだ》からでも、屋上《おくじょう》にいるかまちの緑色《みどりいろ》の目《め》が、不気味《ぶきみ》に光《ひか》るのがわかりました。

(だめか。……まずい。ルナがくるぞ。足音《あしおと》が近《ちか》づいてくる。)

もっけは、スネリに合図《あいず》しました。もっけが屋上《おくじょう》にとびたつと同時《どうじ》に、スネリは階段《かいだん》を走《はし》りはじめました。

かまちは、せおったサエをさくの内側《うちがわ》に放《ほう》り投《な》げると、もっけに風《かぜ》の刃《やいば》をとばしました。もっけはすばやく光《ひか》る影《かげ》となり、かまちの目《め》をくらませます。もっけの黒《くろ》く鋭《するど》い爪《つめ》がかまちの頭《あたま》をねらう一瞬先《いっしゅんさき》に、風《かぜ》の刃《やいば》がもっけの右《みぎ》の翼《つばさ》をとらえたのです。

シュッ！

鋭《するど》い音《おと》が、ひびきわたりました。

もっけのバランスがくずれました。そこへ、もうひとつ風《かぜ》の刃《やいば》がとび、今度《こんど》は左《ひだり》の翼《つばさ》を傷《きず》つけました。

光《ひか》る影《かげ》となったもっけの体《からだ》は、くるくる回転《かいてん》しながら落《お》ちていきます。とちゅうでもちこたえて、またのぼっていくものの、両方《りょうほう》の翼《つばさ》をやられて、うまくとぶことができません。

そんなもっけを、非常階段《ひじょうかいだん》から見《み》たスネリは、すがたを消《け》して、屋上《おくじょう》にのぼりました。かまちは、スネリの気配《けはい》に気《き》づいていません。

スネリはかまちめざして、走《はし》りました。さくの上《うえ》にいるかまちの足《あし》を、爪《つめ》で引《ひ》っかきます。

「なまいきな！」

気《き》づいたかまちが風《かぜ》の刃《やいば》をとばしますが、スネリのすがたが見《み》えないので、刃《やいば》はむなしく空《くう》を切《き》るだけです。そのすきに、スネリはかまちののどにかみつきました。かまちの急所《きゅうしょ》です。

かまちは、のどのいたみに、両《りょう》うでをやみくもに動《うご》かしました。そのとき、右《みぎ》うでが、すがたのないスネリをつかまえました。そこへ左《ひだり》うでで風《かぜ》の刃《やいば》をつくり、スネリのおなかめがけてとばしたのです。

スネリは一撃《いちげき》で、ふきとばされました。すがたはあらわさないけれども、出血《しゅっけつ》があるスネリの体《からだ》は、もうかくすことはできません。屋上《おくじょう》のひびわれたコンクリートが、みるみる血《ち》にそまりました。

「オレをなめるなよ。じゃま者《もの》は消《き》えろ。」

かまちが両《りょう》うでをあげたときです。

「やめて！」

かまちがその声《こえ》にふりむくと、ルナが立《た》っていました。

ルナは胸《むね》に、傷《きず》ついたもっけをだいていました。

「スネリにさわらないで。」

ルナの目《め》は怒《いか》りに燃《も》えていました。

7 目《め》ざめた妖力《ようりょく》

「やっと、おでましですか。ルナさま。お待《ま》ちしてましたよ。」

かまちは不敵《ふてき》な笑《え》みをうかべました。

「チャエをかえして。」

ルナの長《なが》い髪《かみ》が、屋上《おくじょう》をふく風《かぜ》になびきます。

「何度《なんど》いったらわかる。悠久《ゆうきゅう》の玉《たま》のありかを教《おし》えろ。その情報《じょうほう》と引《ひ》きかえだ。」

屋上《おくじょう》のさくの鉄《てつ》さびのにおいが、ルナの鼻《はな》をつんとさしました。

「だから、知《し》らないっていってるでしょう。ほんとうにわからないの。」

かまちは緑目《みどりめ》をつりあげ、鋭《するど》いきばのある赤《あか》い口《くち》を開《あ》けました。

「ならば、しかたがない。もう用《よう》のないこの子《こ》をしまつするまでだ。」

「チャエには手《て》を出《だ》させない！」

「ハハハ……。おまえになにができる。オレの刃《やいば》もかわせないくせに。」

そういうと、両《りょう》うでをかかげました。同時《どうじ》にあのきみょうな風《かぜ》の音《おと》をききました。

シュッ、シュッ、シュッ。

その音《おと》がだんだんと大《おお》きくなり、風《かぜ》の刃《やいば》がルナめがけてとんできました。

シャーッ。

ルナは体《からだ》をそらしきれずに、「やられるっ！」そう思《おも》った瞬間《しゅんかん》、ルナの目《め》の前《まえ》に、光《ひか》る影《かげ》が立《た》ちふさがりました。

ジャキッ！

耳《みみ》をおおいたくなるような音《おと》のあと、なにかがコンクリートに打《う》ちつけられました。

「もっけ！」

ルナがさけびました。

ルナのうでのなかにいたもっけが、力《ちから》をふりしぼって、ルナをかばったのでした。もっけは死《し》んだように目《め》をとじていました。ルナはかけより、ふたたびもっけをだきあげました。まだらの茶《ちゃ》の、ぽっこりとしたおなかに耳《みみ》をおしあてました。

すると、どっどっど、という心臓《しんぞう》の音《おと》がきこえたので、ほっとすると同時《どうじ》に涙《なみだ》がながれました。

ルナは、怒《いか》りで体《からだ》が燃《も》えるように熱《あつ》くなるのを感《かん》じました。

いままでルナは、怒《いか》る、ということを知《し》らずに生《い》きてきました。かなしい、さみしい、不安《ふあん》、そういった気持《きも》ちは感《かん》じても。

それが、ルナの特殊性《とくしゅせい》だったのかもしれません。

ルナの怒《いか》りの感情《かんじょう》は、ルナの中心《ちゅうしん》で生《う》まれ、その熱《あつ》くなったエネルギーのかたまりが手足《てあし》に放出《ほうしゅつ》されるのを感《かん》じました。

うなじがうずきだすと同時《どうじ》に、風《かぜ》になびいたルナの髪《かみ》の下《した》で、チョーカーの黒《くろ》い革《かわ》ひもが自然《しぜん》にほどけて、首《くび》からすべりおちました。

うなじにある第三《だいさん》の目《め》が目《め》ざめたのです。ルナは、チョーカーをひろいあげると、それで髪《かみ》をポニーテールにたばねました。

「ほう……。そうか、やっぱり、おまえが伝説《でんせつ》の子《こ》。やっと正体《しょうたい》をあらわしたな。おまえがその目《め》をもっているとはな。」

かまちが、血《ち》にそまってたおれているスネリを、足《あし》で軽《かる》くころがしました。

それを見《み》た瞬間《しゅんかん》、ルナはかまちにとびかかろうとしました。そのつもりでした。ところが、ルナの体《からだ》は大《おお》きくジャンプし、かまちの頭《あたま》のはるか上空《じょうくう》にくると、ストップしました。

ルナを見《み》あげるかまちは、おどろいたように口《くち》を開《あ》けていました。しかし、ほんとうにおどろいたのは、ルナ自身《じしん》だったのです。

(軽《かる》くとんだだけだったのに。まるで足《あし》が強力《きょうりょく》なバネになってしまったみたい。)

かまちはすぐに気《き》をとりなおすと、ルナを攻撃《こうげき》するべく、両《りょう》うでをあげました。すでに緑色《みどりいろ》の目《め》が燃《も》えるような戦闘色《せんとうしょく》に変《か》わっています。

ルナの目《め》は、かまちの投《な》げる風《かぜ》の刃《やいば》を的確《てきかく》にとらえていました。風《かぜ》の刃《やいば》というのは、たくさんの小《ちい》さなたつまき状《じょう》の風《かぜ》があつまってできたもののようです。

ルナの目《め》には、風《かぜ》の刃《やいば》のひとつひとつが、はっきりと見《み》えます。小《ちい》さなこぶしほどのたつまきがうずをまいているようすも、くっきり見《み》えました。

胸《むね》にむかってとんでくる刃《やいば》は、どれもスローモーションのように見《み》えます。弱《よわ》い風《かぜ》をうけて、力《ちから》なくまわる風車《かざぐるま》のような刃《やいば》をよけることはかんたんでした。

それを見《み》たかまちは、「ずいぶん、変《か》わったものだな。」と、感心《かんしん》したようにわらいました。かまちのほうでも、まだよゆうがあるようです。

かまちは大《おお》きく息《いき》をすいこむと、両《りょう》うでをあげおろすことをくりかえしました。

かまちの指《ゆび》の先《さき》から、風《かぜ》の刃《やいば》が大量《たいりょう》に生《う》まれ、ルナをおそいます。

ルナは、つぎからつぎへととんでくる刃《やいば》を、前後左右《ぜんごさゆう》へと難《なん》なくよけきりました。かまちが息《いき》をついだ瞬間《しゅんかん》をとらえると、ジャンプしました。

屋上《おくじょう》からはるか十メートルほど上《うえ》に、自分《じぶん》の体《からだ》がういています。まるで、地球《ちきゅう》の引力《いんりょく》がなくなってしまったようでした。

ルナはその高《たか》さに身《み》ぶるいすると、身《み》をかがめ、給水塔《きゅうすいとう》の上《うえ》に着地《ちゃくち》しました。第三《だいさん》の目《め》によって開花《かいか》したのであろう超運動能力《ちょううんどうのうりょく》に体《からだ》がなれていません。コントロールもむずかしく、着地《ちゃくち》したとたん、足《あし》がふらつきました。それに、すこし能《のう》力《りょく》をつかっただけで、頭《あたま》がわれるようにいたくなるのです。

かまちは、ルナが想像以上《そうぞういじょう》に動《うご》けるのを見《み》ると、たおれていたサエをかかえて、さけびました。

「こいつはまだ生《い》きている。しかし虫《むし》の息《いき》だ。オレがいま、ここでちょっと刃《やいば》をつきたてただけで、永遠《えいえん》のねむりにつくことだろう。」

ルナは給水塔《きゅうすいとう》からおりました。

「チャエをおろして。」

「交換条件《こうかんじょうけん》だ。オレの前《まえ》にこい。すぐ前《まえ》にだ。手《て》をのばせば、おまえの首《くび》をつかめるような距離《きょり》にまでだ。そうすれば、いつでもこいつをかえそう。」

ルナは考《かんが》えました。

(近《ちか》くへ行《い》けば、かまちはかならず、わたしの首《くび》をつかみ、第三《だいさん》の目《め》を切《き》りさくに決《き》まっている。第三《だいさん》の目《め》をつぶされてしまったら、もうかまちをたおすことはむり。そうなれば、チャエも死《し》んでしまう。チャエだけじゃない。スネリやもっけもあぶない。)

ルナは一瞬《いっしゅん》にかけようと思《おも》いました。

(近《ちか》づいてみて、かまちがわたしの首《くび》をねらった瞬間《しゅんかん》にかけてみる。みんなが助《たす》かる方法《ほうほう》はそれしかない。)

そう決心《けっしん》すると、かまちにいいました。

「わかった。いま、行《い》くから。」

ルナは答《こた》え、一歩《いっぽ》一歩《いっぽ》、しずかにかまちに歩《あゆ》みよりました。

かまちも用心深《ようじんぶか》く、ルナを見《み》ています。

ルナは、かまちの手《て》がのびるぎりぎりの距離《きょり》に近《ちか》づくと、いいました。

「教《おし》えるわ。だからチャエをおろして。」

「おまえからだ。」

ふたりはにらみあいました。かまちにらんぼうにかかえられたサエの顔《かお》はまっ青《さお》でした。おとといつけられた傷《きず》も、血《ち》のあとが生々《なまなま》しくのこっています。

ルナは、まだ小学校《しょうがっこう》にあがるまえの小《ちい》さかったころを思《おも》いだしました。

保育園《ほいくえん》には、体《からだ》の大《おお》きないじめっこの男《おとこ》の子《こ》がいました。

ルナはことあるごとに、その男《おとこ》の子《こ》からいじめられていました。すべり台《だい》であそんでいて、

後《うし》ろから髪《かみ》の毛《け》を引《ひ》っぱられたり、給食《きゅうしょく》にねんどを入《い》れられたり、先生《せんせい》にほめられた絵《え》を破《やぶ》られたり。

「出《で》ていけ、ここにくるな。」

といって、石《いし》を投《な》げられたこともあります。

すると、かならずかばって、ルナを助《たす》けてくれたのがサエでした。

いじめっこが投《な》げる石《いし》からルナを守《まも》るために、ルナの前《まえ》に盾《たて》のように立《た》ちはだかったのです。

いじめっこが投《な》げた石《いし》がサエの顔《かお》にぶつかり、ケガをしてしまったこともあります。

サエの目《め》じりの傷《きず》あとは、そのときのものです。顔《かお》から血《ち》をながしながらも、サエはいじめっこをにらみつけ、ルナをかばいつづけていたのです。

（もうこれ以上《いじょう》、チャエをほっとけない。）

そう考《かんが》えたルナは、顔《かお》をあげると、かまちにいいました。

「悠久《ゆうきゅう》の玉《たま》のありかは、西《にし》の……。」

でたらめをいいかけたルナは、かまちのうでがすこしゆるんで、サエの体《からだ》がゆらいだのを見《み》ました。

時間《じかん》にしたら、ほんの一瞬《いっしゅん》でしたが、ルナの目《め》は見《み》のがしませんでした。

（いまだ！）

ルナは高《たか》くジャンプし、かまちのま上《うえ》から急降下《きゅうこうか》して、サエの体《からだ》をかかえると、またジャンプしてとびのきました。サエの体《からだ》は重《おも》く、だきかかえたとき、一瞬《いっしゅん》くらっときましたが、ルナは超運動能力《ちょううんどうのうりょく》とともに、力《ちから》もそなわったことを感《かん》じました。

「なにっ！」

自分《じぶん》のうでのなかにいたサエがいなくなったことに気《き》づいたかまちが、怒《いか》りに声《こえ》をふるわせました。

「オレをだましたな。そうか、わかった。おまえを生《い》かしておこうと思《おも》ったのが、そもそものまちがいだった。」

かまちの全身《ぜんしん》の毛《け》がさかだちました。銀色《ぎんいろ》の毛《け》の一本一本《いっぽんいっぽん》が、針《はり》のように立《た》ちあがっているのがわかります。

「悠久《ゆうきゅう》の玉《たま》など、オレが自力《じりき》で見《み》つけだしてやる。消《き》えろっ。」

そうさけぶと同時《どうじ》に、かまちのまわりからわきだすように生《う》まれた大《おお》きな風《かぜ》の刃《やいば》が、うずをまきました。

いままでの風《かぜ》の刃《やいば》とはスケールがちがいます。大《おお》きなたつまきのようです。ルナはサエをせおうと、給水塔《きゅうすいとう》の上《うえ》にとびのりました。

たつまきはすぐにルナをおいます。ルナはふたたびとびのこうとしましたが、サエをせおっているためにバランスをくずし、一瞬《いっしゅん》、おくれました。

給水塔《きゅうすいとう》ごと、たつまきにのまれました。

給水塔《きゅうすいとう》がこわれ、なかの水《みず》がたつまきといっしょに、うずをまきます。

まるで洗濯槽《せんたくそう》に投《な》げこまれたようです。

ルナは、サエがはなれないように、必死《ひっし》にせおっていますが、体《からだ》が上下《じょうげ》にもみくちゃに回転《かいてん》させられ、平衡感覚《へいこうかんかく》がなくなりました。

頭痛《ずつう》もがまんできないほど、ひどくなってきます。たつまきによって、体《からだ》じゅうが切《き》りさかれ、あちこちから血《ち》がふきだしていました。

このまま、このたつまきからぬけだせなければ、体《からだ》じゅうが切《き》りきざまれます。

ところが、ぬけだそうにも、たつまきの厚《あつ》い風《かぜ》の壁《かべ》をとおろうと思《おも》えば、一気《いっき》に息《いき》がとまってしまうでしょう。

ルナの体力《たいりょく》は限界《げんかい》でした。

(もう……だめかも……。)

ルナがそうあきらめかけたときです。かすかな声《こえ》をききました。

「ル……ナ。」

その声《こえ》は、ルナの背中《せなか》からきこえてきます。

ルナにせおわれているサエの声《こえ》でした。

「チャエ……。」

息《いき》もたえだえのルナでしたが、サエの声《こえ》はきこえました。

「……ルナ。わたし、ルナのだいじな……ペンダントを……とっちゃったの。……わたしね、くやしかった。だれも、わたしのことを見《み》てくれなかったから。大好《だいす》きだった都和子先生《とわこせんせい》も……。みんなが好《す》きだったのは、ルナだったから。……わたしはもうダメ。ルナ、はやくにげて。」

サエはとぎれとぎれに、やっとのことで、そういいました。ふるえる血《ち》だらけの手《て》で、パジャマの下《した》から首《くび》にさげていたペンダントをとりだすと、それをルナの手《て》ににぎらせました。そして、小《ち》さな声《こえ》で「ごめん。」とつぶやきました。

そのとたん、がくん、とルナの背中《せなか》から伝《つた》わる重《おも》みがましました。サエの全身《ぜんしん》の力《ちから》がぬけたのです。サエの体《からだ》がずるずるとルナの背中《せなか》をすべり、落《お》ちていきました。みるみるうちに、たつまきのうずの中心《ちゅうしん》にまきこまれます。

「チャエー、しっかりして。死《し》んだらダメだよー。」

ルナが、ふたたびサエの体《からだ》をつかまえようと、手《て》をのばしましたが、サエの体《からだ》はまるでルナの手《て》からのがれるように、すばやく回転《かいてん》するうずのなかで、もみくちゃにされています。

8 妖《よう》界《かい》ナビゲーター

「チャエ！」

ルナは手《て》をのばしながら、ペンダントを見《み》ました。サエの血《ち》でよごれています。

回転《かいてん》するうずのなかで、ぐるぐるにされている、もっけとスネリを見《み》ました。

ふたりともぼろぞうきんのようです。

ルナは涙《なみだ》でぐちょぐちょになった顔《かお》をあげて、ペンダントに顔《かお》をおしつけました。

「都和子先生《とわこせんせい》、死《し》んでしまったお母《かあ》さん、お父《とう》さん。わたしは、どうしたらいいの？　みんなを助《たす》けたいの。」

うつむき、ペンダントを見《み》ていたルナの視線《しせん》の先《さき》が、上着《うわぎ》のポケットにすいよせられました。ポケットのなかに、ぼんやりとした光《ひかり》がともっているのが見《み》えます。まるでホタルがいるようです。

ルナがポケットに手《て》を入《い》れると、そこには、もっけからもらったメダルがありました。メダルが金色《きんいろ》に光《ひか》っているのです。

メダルをとりだして、ペンダントに近《ちか》づけてみると、ペンダントトップのリングもかがやきだしました。

ルナはこわごわ、リングの輪《わ》のなかにメダルをはめこみました。すると、ぴったりとあわさったのです。まるで、それはもともとひとつのものだったように、もうどんなに力《ちから》をくわえても、はずれることはありませんでした。

ルナはそのペンダントを頭上《ずじょう》にかざすと、たつまきの厚《あつ》い風《かぜ》の層《そう》の外《そと》にいるかまちにむかって、ふりかざしました。

「かまち！」

その瞬間《しゅんかん》、ふいに風《かぜ》の音《おと》がやみ、体《からだ》の重《おも》みがもどり落下《らっか》しました。

ルナはかまちをにらみました。

「かまち、あなたはこの世界《せかい》にきてはならなかったのよ。」

ルナのことばに反応《はんのう》したように、ルナの胸《むね》にさげられていたペンダントがまぶしく光《ひかり》をはなちました。

光《ひかり》のなかで中央《ちゅうおう》にほられた文字《もじ》が、黒《くろ》くにじみ、うき出《で》てきます。

最初《さいしょ》の一《ひと》文字《もじ》からゆっくりとうきあがり、ぜんぶで九つの文字《もじ》があらわれたとき、ルナはさけびました。

「読《よ》める！」

ルナは目《め》をとじると、となえました。

「臨《りん》・兵《ぴょう》・闘《とう》・者《しゃ》・皆《かい》・陣《じん》・裂《れつ》・在《ざい》・前《ぜん》。」

ひとりでに、口《くち》からことばが出《で》てきます。ペンダントをもたない右手《みぎて》が空中《くうちゅう》に線《せん》を引《ひ》きます。

横《よこ》、縦《たて》、横《よこ》、縦《たて》、横《よこ》、縦《たて》、横《よこ》、縦《たて》、横《よこ》。

九本《ほん》の線《せん》を引《ひ》きました。

「く……九字《くじ》を……切《き》ってい……る。」

たおれていたもっけの片方《かたほう》の目《め》がひらき、うめくようにつぶやきました。

九字《くじ》を切《き》りおえたとき、かまちがうなり声《ごえ》をあげて、全身《ぜんしん》を弓《ゆみ》なりにそらせました。

「やめろ！　やめてくれ。オレを殺《ころ》す気《き》か。」

「みんなを傷《きず》つけたことはゆるさない。」

ルナはかまちを、にくしみをこめてにらみました。

「ゆるして……くれ。」

もだえくるしむかまちの片手《かたて》が、なにかをつかむように、宙《ちゅう》をおよぎます。

かまちのことばに、ルナははっとしました。――ゆるすこと。

都和子先生《とわこせんせい》のことばがよみがえります。

（都和子先生《とわこせんせい》、かまちもゆるさなくてはならないのですか？　チャエやまなちゃん、スネリともっけを傷《きず》つけたかまちを？　むりです！）

ルナはぎゅっと目《め》をつむりました。

兵者陣在
臨闘皆裂前

かまちのくるしそうなさけび声《ごえ》が、ルナの耳《みみ》にとどきます。ルナは目《め》を開《あ》けると、かまちを見《み》ました。かまちは涙《なみだ》をながしながら、胸《むね》をかきむしっています。

ルナはくちびるをきっとむすぶと、ペンダントをもつ両手《りょうて》を胸《むね》の前《まえ》であわせました。

『あまたの心憂《こころう》きことをゆるし』

ルナの脳裏《のうり》に、木箱《きばこ》のふたのことばがよみがえりました。

(かまちを殺《ころ》すことはできない。)

「かまち、悪行《あくぎょう》はあなたのなかの邪気《じゃき》がしたこと。だから……。」

ルナは、そういうと、両手《りょうて》をつかって、九通《とお》りのさまざまな形《かたち》の印《いん》をむすびました。

「臨《りん》・兵《ぴょう》・闘《とう》・者《しゃ》・皆《かい》・陣《じん》・裂《れつ》・在《ざい》・前《ぜん》。」

となえおわり、ペンダントを頭上《ずじょう》にかかげました。ペンダントのむこうにある、夜空《よぞら》の星々《ほしぼし》がゆがみました。いえ、星《ほし》がゆがんだのでなく、ペンダントを中心《ちゅうしん》にした空《そら》がゆがんだのでした。

ゆがんだ空《そら》はうずをまき、やがて黒《くろ》い闇《やみ》がぽっかりと、穴《あな》のようにひらきました。

ルナには、穴《あな》のむこうに広《ひろ》がるその黒《くろ》い闇《やみ》が妖怪《ようかい》の世界《せかい》だとわかりました。

「かまち、もう人間世界《にんげんせかい》にきてはだめ。あなたの邪気《じゃき》をはらい清《きよ》めるから、そのまま安心《あんしん》して妖怪《ようかい》の世界《せかい》、妖界《ようかい》に帰《かえ》りなさい。」

ルナはかまちにむかって、しずかに告《つ》げました。そして、まゆの糸《いと》がほどけるように、ひとりでに口《くち》をついて出《で》てくることばに、身《み》をまかせました。

「天蓬《てんぽう》、天内《てんない》、天衝《てんしょう》。」

ルナは目《め》をとじて、つぶやきます。足《あし》のつま先《さき》からエネルギーが生《う》まれてくるようです。ステップをふむような足《あし》どりで、ゆっくりと歩《あゆ》みはじめました。

「天輔《てんぽ》、天禽《てんきん》、天心《てんしん》。」

ペンダントをかかげながら、

「天柱《てんちゅう》、天任《てんにん》、天英《てんえい》。」

くりかえしとなえ、ステップは円《えん》をえがきます。

かまちのうなり声《ごえ》はやみ、おだやかな顔《かお》になりました。そして、すいこまれるように、妖界《ようかい》にもどっていきました。

かまちをすいこんだ闇《やみ》の穴《あな》は、すぐに小《ちい》さくなり、点《てん》となって消《き》えました。

なにごともなかったように、空《そら》には星《ほし》がきらめいています。

コトン。

かすかな音《おと》にうつむくと、きらりと光《ひか》る、ビー玉《だま》ほどの大《おお》きさの白《しろ》い玉《たま》が落《お》ちていました。ルナがひろいあげると、玉《たま》のなかから『金《きん》』という文字《もじ》がうかびあがってきました。

ルナは首《くび》をかしげると、玉《たま》を上着《うわぎ》のポケットに入《い》れました。

「ルナ、おつかれさま。」

傷《きず》だらけのスネリが、よこたわったまま、つぶやきました。

「妖界《ようかい》ナビゲーターの誕生《たんじょう》だな。『天高《てんたか》く舞《ま》ひ、あまたの心憂《こころう》きことをゆるし』

まさに、そのとおりになったな。」

もっけも、大《おお》きく胸《むね》で息《いき》をしながら、まだよこたわっています。

「スネリ、もっけ。」

ルナはふたりのもとにひざまずくと、いいました。

「わたしにも、わけがわからないの。ペンダントの文字《もじ》が読《よ》めると思《おも》ったとたん、自然《しぜん》にことばが口《くち》をついて出《で》て、手《て》が勝手《かって》に動《うご》いたの。」

「血《ち》よ。お父《とう》さんとお母《かあ》さんからうけつがれた、陰陽師《おんみょうじ》と妖怪《ようかい》の血《ち》。そして、まぎれもなく、ルナが伝説《でんせつ》の子《こ》である証拠《しょうこ》。」

ルナは胸《むね》からさがるペンダントを見《み》ましたが、すでにペンダントの光《ひかり》は消《き》えていました。ルナは、くずれるようにその場《ば》にたおれると、つぶやきました。

「チャエは?」

スネリが「だいじょうぶ。生《い》きているわ。わたしが救急車《きゅうきゅうしゃ》をよんでくるから安《あん》心《しん》して。」といいおえると、ルナは目《め》をとじました。

「ルナは、すでに体力《たいりょく》の限界《げんかい》をこえていたのよ。」

スネリはそういうと、自分《じぶん》の体《からだ》を引《ひ》きずるように近《ちか》づき、前足《まえあし》でルナにふれました。こうすると、ルナの体重《たいじゅう》を吸収《きゅうしゅう》して、軽《かる》くすることができるのです。

もっけも「ここにいるとまずいな。移動《いどう》しよう。」というと、時間《じかん》をかけてよろよろと立《た》ちあがり、くちばしを大《おお》きくひらきました。みるみる、もっけのすがたが大《おお》きくなり、ルナの体《からだ》とおなじくらいになりました。

スネリが、軽《かる》くなったルナの体《からだ》を器用《きよう》に口《くち》で引《ひ》きずり、もっけの背中《せなか》にのせると、電話《でんわ》をかけるため、非常階段《ひじょうかいだん》をおりていきました。

「行《い》くぞ。」

もっけはルナをのせ、屋上《おくじょう》からとびたちました。

そのあと救急車《きゅうきゅうしゃ》が到着《とうちゃく》し、たんかにのせられたサエが、うわごとのように一言《ひとこと》もらしたのを、だれも気《き》づきませんでした。

「リュナ……にげて。」

それは、ルナのおさないころのニックネームでした。

9 さようなら、星《ほし》の子《こ》学《がく》園《えん》

夜空《よぞら》をとんでいるもっけの背中《せなか》の上《うえ》で、ルナはいったん目《め》をひらきました。

「よっ、気《き》づいたかい。」

「もっけ、もうだいじょうぶなの？」

「ああ、ずいぶん回復《かいふく》したぜ。」

そのことばで、ルナは自分《じぶん》の全身《ぜんしん》の傷《きず》を見《み》ました。傷口《きずぐち》からの出血《しゅっけつ》はとまり、いたみも遠《とお》のいていました。おそろしいほどの速《はや》さの回復力《かいふくりょく》です。これも妖力《ようりょく》のなせるわざなのでしょうか。

見《み》おろすと、スネリが屋根《やね》づたいに走《はし》っているのが見《み》えました。スネリもすっかり回復《かいふく》したようです。

「学園《がくえん》に帰《かえ》るの？」

「ああ。」

「でも、妖力《ようりょく》のことをチャエに知《し》られてしまった。」

「そのことなら、だいじょうぶだ。スネリがあの子《こ》の記憶《きおく》の一部《いちぶ》を消《け》したから。」

「そんなこともできるの？」

「スネリのしっぽの妖力《ようりょく》でね。ただし、おいらやルナが変化《へんげ》したのを見《み》られたことだけ。あとの記憶《きおく》は消《け》せないけどね。」

「そう……。」

「それはいいんだけど。」

もっけがなにかいいたそうに口《くち》ごもりました。

「なに？」

「悠久《ゆうきゅう》の玉《たま》をねらう妖怪《ようかい》は、かまちだけじゃないだろう。そして、これからも……。」

ルナは頭痛《ずつう》のする頭《あたま》で、けんめいに考《かんが》えました。

「これからも、妖界《ようかい》から出《で》てくる妖怪《ようかい》はいるだろうってことね。」

「そういうこと……。ほら、もう学園《がくえん》についた。」

もっけは急降下《きゅうこうか》して、学園《がくえん》の庭《にわ》におりたちました。暗闇《くらやみ》のなか、学園《がくえん》はしずまりかえっています。どうやら、ルナのいなくなったことに、みんなは気《き》づかなかったようです。

犬小屋《いぬごや》でねむっていたムギ丸《まる》が、そろそろと出《で》てきました。

「ムギ丸《まる》、ただいま。」

ルナがもっけからおり、近《ちか》づいていきました。

するとムギ丸《まる》は、どうしたことか、おしりを高《たか》くあげ、頭《あたま》をひくくかまえて、ルナにきばをむきだしました。

「ウゥ――。」

と、うなり声《ごえ》をあげています。

ルナはおどろきました。ムギ丸《まる》は老犬《ろうけん》でおだやかな犬《いぬ》でした。いままでムギ丸《まる》がきばをむきだしたことなんて、一度《いちど》もありません。きっとどろぼうがきたとしても、しっぽをふっているだろうね、とみんなで話《はな》していたくらいです。

ルナは信《しん》じられない気持《きも》ちでした。

「どうしたの。わたしよ、ルナよ。」

ルナはムギ丸《まる》の頭《あたま》をなでようと、手《て》をさしだしました。

「だめよ、ルナ！」

到着《とうちゃく》したばかりのスネリがいったと同時《どうじ》に、ムギ丸《まる》がルナの手《て》にかみつきました。

すぐに、もっけがムギ丸《まる》の前《まえ》に立《た》ちはだかり、口《くち》を大《おお》きく開《あ》けておどかしました。ムギ丸《まる》はルナの手《て》をはなしましたが、強《つよ》くかまれたルナの手《て》には、深《ふか》くえぐられたような、かみ傷《きず》がのこりました。

「手当《てあ》てしないと。」

スネリがいいました。ルナは、なさけない気持《きも》ちでムギ丸《まる》を見《み》ました。

ムギ丸《まる》はもっけをおそれて、尾《お》をまたのあいだにはさむようにして、小《ちい》さくちぢこまっています。しかし、ルナを見《み》る目《め》は、いつものムギ丸《まる》のひとなつこい目《め》ではありません。

ルナはかなしい気持《きも》ちで、医務室《いむしつ》にむかいました。

ぬけだしたときとおなじように、そっと医務室《いむしつ》の窓《まど》から入《はい》ります。あかりをつけ、消毒液《しょうどくえき》をたなからとりだし、ムギ丸《まる》にかまれた手《て》をあらうため、洗面台《せんめんだい》に行《い》きました。

じゃぐちをひねって水《みず》を出《だ》すと、なにげなく洗面台《せんめんだい》の上《うえ》の鏡《かがみ》を見《み》ました。

その鏡《かがみ》を見《み》たとたん、ルナはしゃがみこんでしまいました。

ルナの目《め》がまっ赤《か》だったのです。充血《じゅうけつ》した目《め》ということでなく、白目《しろめ》の部分《ぶぶん》はそのまま白《しろ》く、ひとみの部分《ぶぶん》が、まっ赤《か》に光《ひか》るルビーのような色《いろ》に変化《へんか》していました。

そのうえ、赤《あか》いひとみのなかが、くるくるとうずをまいていました。

「その赤《あか》い目《め》は『うず目《め》』というのよ。レンメイさまの目《め》とおなじ……。」

いつのまに入《はい》ってきたのか、スネリがいいました。

「レンメイさま？」

「おいらたちのお姫《ひめ》さまだった人《ひと》の名《な》前《まえ》さ。ルナの母《かあ》さんの名前《なまえ》だよ。」

もっけも、もとの大《おお》きさにもどって、ルナの足元《あしもと》にとんできました。

「レンメイ……。」

ルナは小《ちい》さくつぶやきました。それ

がお母《かあ》さんの名前《なまえ》。この目《め》とおなじうず目《め》をもつお母《かあ》さん……。

ルナは、ゆっくり立《た》ちあがると、もう一度《いちど》、鏡《かがみ》に近《ちか》づきました。まるで、自分《じぶん》の目《め》のなかにお母《かあ》さんを見《み》るように。

「うず目《め》は、最高《さいこう》の動体視力《どうたいしりょく》といわれているわ。つまり、動《うご》いているものを見《み》る力《ちから》がなみはずれてすごいこと。どんなにすばやく動《うご》くものでも、スローモーションのように見《み》えてしまう。それだけではないわ。うず目《め》の神経《しんけい》は、脳《のう》をも支配《しはい》して、超運動能力《ちょううんどうのうりょく》を生《う》みだすの。それが、あなたの妖力《ようりょく》よ。ルナ。」

「わたしの……妖力《ようりょく》。」

ルナは鏡《かがみ》のなかの自分《じぶん》のすがたを、ぼんやりと見《み》つめました。

「もう、ここにはいられないね。」

ルナはムギ丸《まる》のことを思《おも》い、ぽつりといいました。

ほんとうは、ずっとずっと星《ほし》の子学園《こがくえん》にいたいに決《き》まっています。兄弟《きょうだい》のようにしてそだってきたみんなと別《わか》れるなんて、いままで考《かんが》えたこともなかったのですから。だけど、もしかしたら、また、さらなる悪《わる》い妖怪《ようかい》がだれかをおそうかもしれないのです。とても心配《しんぱい》です。

ここにいることはできません。

いつか、だれかが自分《じぶん》の正体《しょうたい》を知《し》ってしまうかもしれない。そしたら、その人《ひと》はきっと、ムギ丸《まる》のようにおどろいて、こわがります。いままでとおなじようにはいきません。

ルナは髪《かみ》をゆわえていたチョーカーをほどき、首《くび》にもどしました。ルナのひとみの色《いろ》がすうっと、もとの明《あか》るい茶色《ちゃいろ》にもどりました。

「ルナ、決心《けっしん》できるの？」

スネリが心配《しんぱい》そうに、ルナを見《み》あげました。

「つらいけど……。」

さようならをするには、学園《がくえん》にはのこしていく思《おも》いが多《おお》すぎます。

「おいらとスネリは、ルナといっしょだぜ。」

もっけのことばにも、だまって、あいまいにうなずくことしかできませんでした。

「ルナ、妖怪《ようかい》を妖界《ようかい》にもどせるのは、あなたひとりだけなの。」

スネリがしずかに、でも力強《ちからづよ》くいいました。そのことばからは、ルナを信《しん》じている気持《きも》ちが伝《つた》わってきます。

ルナの心《こころ》のなかには、不安《ふあん》がいっぱいありました。もっけとスネリがいっしょですが、旅《たび》をすることにたいしてや、また妖怪《ようかい》と戦《たたか》わなくてはならないことへの。

それでも、ルナはすばやくしたくすると、もっけの背中《せなか》の羽《はね》に手《て》をかけました。そしてスネリを見《み》おろすと、今度《こんど》は、しっかりとうなずきました。

「じゃあ、みんなが起《お》きないうちに出発《しゅっぱつ》だ。つかまってろよ。」

もっけはくちばしを開《あ》け、深呼吸《しんこきゅう》するように空気《くうき》をすいこむと、体《からだ》を大《おお》きく変《へん》化《げ》させました。

スネリが風《かぜ》のようにかけだし、もっけが窓《まど》から羽《はね》を大《おお》きく広《ひろ》げました。

ルナは上空《じょうくう》から学園《がくえん》を見《み》おろしました。

あの窓《まど》は、さとしたち男《おとこ》の子《こ》の部屋《へや》。あの窓《まど》は、ミッちゃんたち小《ちい》さい子《こ》がいる部屋《へや》。あの窓《まど》は、先生《せんせい》がねむっている部屋《へや》。あそこは食堂《しょくどう》。毎日《まいにち》おいしいごはんを食《た》べていた部屋《へや》。

そして、あの部屋《へや》は、わたしたちの部屋《へや》。いっしょに寝《ね》ていたまなちゃんもチャエも、いまはいないけれど。ふたりは……すぐにもどれる。

学園《がくえん》の庭《にわ》。入学《にゅうがく》したてのころ、おいわいに買《か》ってもらった自転車《じてんしゃ》を、みんなでのれるようになるまで練習《れんしゅう》したっけ。ムギ丸《まる》の犬小屋《いぬごや》と桜《さくら》の木《き》が見《み》える。

さようなら、みんな。

丘《おか》のむこうに、のぼりはじめた朝日《あさひ》が見《み》えました。空《そら》が紫《むらさき》からオレンジのグラデーションに明《あか》るくそまります。

ルナは朝日《あさひ》を涙《なみだ》でにじむひとみで見《み》つめながら、もっけの背中《せなか》に顔《かお》をうずめました。

「長《なが》い旅《たび》になるぞ。行《い》こう。」

もっけが力強《ちからづよ》くはばたきました。

ルナとスネリともっけのはじめまして座談会《ざだんかい》

池田《いけだ》（以下池《いかいけ》）「こんにちは！　すでに『新《しん》 妖界《ようかい》ナビ・ルナ』やフォア文庫版《ぶんこばん》を読《よ》んでくださった人《ひと》は、おひさしぶりね。はじめてのみなさんには、はじめまして！　『妖界《ようかい》ナビ・ルナ』を手《て》にとってくれて、ありがとう。三人《にん》にはかるく自己紹介《じこしょうかい》してもらいましょうか。」

ルナ（以下《いか》**ル**）「竜堂《りんどう》ルナです。四月《がつ》から……小学《しょうがく》四年生《ねんせい》になる予定《よてい》だったの。……と、気《き》をとりなおして、えっと、好《す》きな食《た》べものは焼《や》きそばと納豆《なっとう》ごはんとあんぱんと、あ、パンならなんでも好《す》き！　それからラーメンはみそラーメンね。コーンとバターがのっていたらワンダフル！　たこやきもお好《この》み焼《や》きも大好《だいす》き。ええっと、それからそれから……。」

スネリ（以下《いか》**ス**）「ああ、ルナ、はてしなくつづきそうだから、そこまでね。ルナの好《す》きな食《た》べものをならべていたら、規定《きてい》のページ数《すう》をオーバーしちゃうわ。それにしてもみごとに炭水化物《たんすいかぶつ》ばかりね。ちゃんと栄養《えいよう》バランスを考《かんが》えないといけないわ。わたしはスネリ。猫《ねこ》は人間界《にんげんかい》での変化《へんげ》した姿《すがた》よ。ルナのお姉《ねえ》さん的立場《てきたちば》なの。よろしくね。」

池《いけ》「ちなみにスネリは妖怪《ようかい》『すねこすり』の仲間《なかま》です。」

もっけ（以下《いか》も）「おいらはもっけだ。よろしくな。おいらのふくろうも仮《かり》のすがた。ほんとうのすがたを見《み》たら、イケメンすぎてびっくりするぜ。しかも、超絶頭《ちょうぜつあたま》がいい。運動神経《うんどうしんけい》もばつぐんだ。おいらにできないことはない。おいらの辞書《じしょ》に不可能《ふかのう》の文字《もじ》はないのだ！」

ス「あらもっけ、歌《うた》はどうなの？　たしかオン……。」

も「ええい！　よけいなことをいうな！　う、歌《うた》なんて一生歌《いっしょううた》わなくても死《し》にはしねえ。」

池《いけ》「ちなみにもっけは妖怪《ようかい》『たたりもっけ』の仲間《なかま》です。ほんとうはこわ〜い妖怪《ようかい》だから、よい子《こ》のみなさんは検索《けんさく》しないでね。」

ル「あのぉ、かまちは、なんの妖怪《ようかい》の仲間《なかま》なの？」

池《いけ》「かまちは有名《ゆうめい》な妖怪《ようかい》『かまいたち』よ。かまいたちは知《し》っている読者《どくしゃ》さんもいるかもしれないわね。ほんとうにおそろしい妖怪《ようかい》よ。戸部先生《とべせんせい》が描《か》いたイラストを見《み》た夜《よる》は、お手洗《てあら》いに行《い》けなくなったわ。」

ル、ス、も「作者《さくしゃ》はイラストでこわがっているんだから、のんきなものだね。じっさいに会《あ》ったわたしたちは、トイレどころか、死《し》にそうになったんだから。」

池《いけ》「ま、まあまあ。読者《どくしゃ》のみなさんも、この本《ほん》からかまちがとびだしてはこないから、安《あん》心《しん》して読《よ》んでくださいね。」

ル「そんな無責任《むせきにん》なことといって、もし、とびだしてきちゃったらどうするの？」

池《いけ》「そこはほら、ルナとスネリともっけもとびだしてくればいいのよ。それに、かまちはルナがちゃんと妖界《ようかい》に送《おく》ったでしょう。もう二度《にど》とこっちの世界《せかい》にもどってくることはないわ。」

ル「でも、かまちのほかにも、人間界《にんげんかい》に出《で》てきてしまった妖怪《ようかい》がいるかもしれないんでしょ？　わたしたちはこれから長《なが》い旅《たび》に出《で》るんだよね。不安《ふあん》でいっぱい。」

池《いけ》「だいじょうぶよ。ルナには、スネリともっけがついているもの。それに読者《どくしゃ》のみなさんが応援《おうえん》してくれるわ。」

も「そうだ。おいらにはできないことはない！　おいらにまかせておけば……（以下《いか》略《りゃく》）。」

ス「はいはい。もっけのじまん話《ばなし》はもうおなかいっぱい。わたしはルナの毎日《まいにち》のごはんをおいしく作《つく》るわよ。人間《にんげん》のごはんについては、ちゃんと妖界《ようかい》の学校《がっこう》で勉強《べんきょう》しているから、まかせてね。」

ル「ほんと？　すごく楽《たの》しみ！　でも、スネリ、わたしは毎日《まいにち》焼《や》きそばでもいいよ。おかずはたこやきとお好《この》み焼《や》きで。」

ス「まあ！　ダメよ。さっきもいったけど栄養《えいよう》バランスが……（以下略《いかりゃく》）。」

池《いけ》「ルナったら……。でも、ルナは食《た》べものの心配《しんぱい》さえなければ、過酷《かこく》な旅《たび》ものりきれそうね。安心《あんしん》したわ。読者《どくしゃ》のみなさんも、どうか、これからのルナたちを応援《おうえん》してあげてね！」

ここでは、ルナのふしぎな能力《のうりょく》について
わかりやすく教《おし》えてあげるよ！

妖《よう》界《かい》ナビ・ルナのひみつ

「九字《くじ》」

九字《くじ》は、ルナが悪《わる》い妖怪《ようかい》と
たたかうときにつかう技《わざ》だ。
手《て》を刀《かたな》のようにかまえて、
「臨《りん》・兵《びょう》・闘《とう》・者《しゃ》・皆《かい》・陣《じん》・裂《れつ》・在《さい》・前《ぜん》」のかけ声《ごえ》とともに
空間《くうかん》を切《き》るんだ。すると、相手《あいて》の力《ちから》を弱《よわ》らせたり、
術《じゅつ》を破《やぶ》ったりすることができるんだ。

「妖界《ようかい》ナビゲーター」
ナビゲートは、道案内《みちあんない》する、という
意味《いみ》ね。妖怪《ようかい》の世界《せかい》、妖界《ようかい》から
やってきてしまった悪《わる》い妖怪《ようかい》たちを
送《おく》りかえすのが
妖界《ようかい》ナビゲーターの役目《やくめ》なの。
そのために、「反閇《へんばい》」という
特別《とくべつ》なステップをふんで、
邪気《じゃき》をはらっているのね。
『金《きん》』の玉《たま》を手《て》に入《い》れた
ルナたちを
待《ま》ちうけるものとは。
お楽《たの》しみに!
2巻《かん》
『人魚《にんぎょ》のすむ町《まち》』は
2017年《ねん》4月《がつ》
発売予定《はつばいよてい》!

＊著者紹介

池田美代子《いけだみよこ》

　大阪府に生まれる。おとめ座のA型。おもな作品に「妖界ナビ・ルナ」「新 妖界ナビ・ルナ」シリーズ、「摩訶不思議ネコ・ムスビ」シリーズ、「海色のANGEL」シリーズ（以上、講談社青い鳥文庫）、『炎たる沼』（講談社）、『自鳴琴』（光文社）などがある。モモとナツという名の愛猫二匹と、ぐうという名のトイプードルと同居している。青い鳥文庫ウェブサイト（http://aoitori.kodansha.co.jp/）で「妖界ナビ・ルナ」、「摩訶不思議ネコ・ムスビ」、「海色のANGEL」のページを公開中。

＊画家紹介

戸部《とべ》 淑《すなほ》

　福岡県に生まれる。ゲーム会社勤務を経てイラストレーターへ転向し、現在はゲーム・文庫などで活動中。おもな作品に『コンチェルトゲート フォルテ』（ＰＣオンラインゲーム）、『Riviera～約束の地リヴィエラ』（ＧＢＡ・ＰＳＰゲーム）、『デュアン・サークⅡ』（電撃文庫）などがある。

この作品は、『妖界ナビ・ルナ①解かれた封印』（二〇〇四年三月初版　岩崎書店）を底本に、加筆・修正し、イラストをあらたにつけたものです。

講談社　青い鳥文庫　　268-29

妖界《ようかい》ナビ・ルナ①

解《と》かれた封印《ふういん》

池田美代子《いけだみよこ》

2017年２月15日　第１刷発行

（定価はカバーに表示してあります。）

発行者　清水保雅

発行所　株式会社講談社

東京都文京区音羽2-12-21　郵便番号112-8001

電話　編集（03）5395-3536

販売（03）5395-3625

業務（03）5395-3615

N.D.C.913　174p　18cm

装　丁　primary inc.,

久住和代

印　刷　図書印刷株式会社

製　本　図書印刷株式会社

本文データ制作　講談社デジタル製作

ISBN978-4-06-285584-6

「講談社《こうだんしゃ》 青《あお》い鳥文庫《とりぶんこ》」刊行《かんこう》のことば

太陽《たいよう》と水《みず》と土《つち》のめぐみをうけて、葉《は》をしげらせ、花《はな》をさかせ、実《み》をむすんでいる森《もり》。小《こ》鳥《とり》や、けものや、こん虫《ちゅう》たちが、春《はる》・夏《なつ》・秋《あき》・冬《ふゆ》の生活《せいかつ》のリズムに合《あ》わせてくらしている森《もり》。森《もり》には、かぎりない自然《しぜん》の力《ちから》と、いのちのかがやきがあります。

本《ほん》の世界《せかい》も森《もり》と同《おな》じです。そこには、人間《にんげん》の理想《りそう》や知恵《ちえ》、夢《ゆめ》や楽《たの》しさがいっぱいつまっています。

本《ほん》の森《もり》をおとずれると、チルチルとミチルが「青《あお》い鳥《とり》」を追《お》い求《もと》めた旅《たび》で、さまざまな体験《たいけん》を得《え》たように、みなさんも思《おも》いがけないすばらしい世界《せかい》にめぐりあえて、心《こころ》をゆたかにするにちがいありません。

「講談社《こうだんしゃ》 青《あお》い鳥文庫《とりぶんこ》」は、七十年《ねん》の歴史《れきし》を持《も》つ講談社《こうだんしゃ》が、一人《ひとり》でも多《おお》くの人《ひと》のために、すぐれた作品《さくひん》をよりすぐり、安《やす》い定価《ていか》でおおくりする本《ほん》の森《もり》です。その一さつ一さつが、みなさんにとって、青《あお》い鳥《とり》であることをいのって出版《しゅっぱん》していきます。この森《もり》が美《うつく》しいみどりの葉《は》をしげらせ、あざやかな花《はな》を開《ひら》き、明日《あす》をになうみなさんの心《こころ》のふるさととして、大《おお》きく育《そだ》つよう、応援《おうえん》を願《ねが》っています。

昭和《しょうわ》五十五年《ねん》十一月《がつ》

講談社